knapp

Emil Steinberger

Lachtzig

knapp

Für Philipp und Martin

Inhalt

Ein Buch aus der *Perlen*-Reihe.

L80

Da Sie, Herr Steinberger, mit Ihren 80 Jahren bald einer Altersklasse angehören, die man am liebsten abschreiben würde, da sie nur Ballast für die Gesellschaft darstellt und die junge Generation dazu zwingt, mehr Rentengelder einzuzahlen, damit der Staat der erwähnten Generation einen angenehmen Lebensabend bieten kann, möchten wir Sie anfragen, ob Sie bereit wären, uns ein Interview zu gewähren?

Seit Mitte September 2012 erreichten mich immer häufiger Interview-Anfragen dieser Art. Es war verblüffend, wie unverblümt man mich darauf aufmerksam machte, dass ich jetzt endgültig zum alten Eisen gehören werde.
Es muss Mitte Dezember 2012 gewesen sein. Nach einer durchgehenden Arbeitszeit von Niccel und mir von morgens neun Uhr bis nachmittags um vier knurrten unsere Mägen unüberhörbar. Zum Glück hat im Casino Montreux die Küche durchgehend geöffnet. Ziemlich dunkel war es im Casino. Nur die Glücksmaschinen leuchteten immer wieder nervös auf, und unsere Sinne wurden durch ein ganz spezielles Parfum eingelullt, in dieser Unterwelt mitten

am Nachmittag. Unseren Mägen war all das egal. Sie freuten sich.
Vom Bistro im ersten Stock aus hat man einen wunderbaren Überblick über all die Geldverlierautomaten und die vor ihnen ausharrenden Unersättlichen. Das Geschehen eine Weile beobachtend, stellten wir fest, dass fast nur Menschen mit weissen Haaren an diesen einarmigen Banditen sassen und so vermutlich Tag für Tag ihren Lebensabend verbrachten. Das sind nicht nur Geldfressmaschinen, sondern auch Zeitfressautomaten.
Interessant ist, dass die Casinos der AHV (der Rentenkasse) viel Geld abliefern müssen, damit die monatlichen Beträge an die Alten ausbezahlt werden können. Ein verrückter Kreislauf. Man holt sich quasi das Geld bei diesen älteren Menschen und gibt es ihnen allmonatlich in Form von Renten wieder zurück. Warum nicht!
Draussen herrschte bittere Kälte an diesem Nachmittag. Vielleicht war diese parfümierte, warme Casino-Ambiance auch eine Art Fluchtort für meine Jahrgänger. Als Alternative gäbe es noch das Generalabonnement der SBB. Wenn die Wohnung kalt ist, setzt man sich einfach in den gut geheizten Zug und lässt sich, ein Buch lesend oder mit Fremden schwatzend, durch die schöne Schweizer Landschaft fahren. Natürlich gibt es für meine Generation noch eine ganz Menge anderer interessanter kultureller

Angebote, wie etwa Besichtigungen von Elektrizitätswerken, Getreidesilos, Operetten, Windmühlen und Käsereien. So fallen wir vielleicht den Jungen nicht ganz so stark zur Last.

Ein Jahr vor meinem 80. Geburtstag meldete sich das Schweizer Fernsehen bei mir. Man würde gern eine grosse Gala mit geladenen Gästen aus Politik, Sport und Wirtschaft machen. Der Vorschlag gefiel mir nicht. Ich sehe mich nicht gern bequem in einem Fauteuil sitzend und bezahlte Gratulanten müssen lächelnd an mir vorbeiziehen oder sich vor mir produzieren und mit strahlenden Gesichtern für alles bedanken, was ich gemacht habe.
Es kommt aber noch dazu, dass ich mir auf mein Alter, 80 Jahre, überhaupt nichts einbilde. Im Gegenteil, ich möchte es so rasch wie möglich wieder vergessen können, denn ich machte mir nie etwas aus solchen Zahlen und sie hindern mich einfach nur am unbekümmerten Arbeiten. Irgendwo in nicht all zu weiter Ferne siehst du plötzlich ein Tor auf dich zukommen. Das wirkt beklemmend. Ich will dieses Tor überhaupt nicht sehen.
Aber eines muss ich sagen, dieser 80. Geburtstag ist erschreckend schnell da gewesen, und wäre nicht der ganze Medienrummel um meine Person gewesen, ich hätte meinen eigenen 80. Geburtstag vermutlich verpasst.

Nun treffen auch immer öfter Anfragen rund um die Themen «Alter», «Sterben» und «Tod» bei mir ein. Unter dem Titel *Sterben, Tod und was kommt danach?* soll 2014 ein Buch erscheinen. Zwanzig Persönlichkeiten, darunter auch ich, wurden gebeten, ihre Gedanken zu diesem Thema zu schildern. Der Beitrag sollte mindestens fünf A4-Seiten lang sein und maximal acht. Man schrieb mir Folgendes:

Sie, Herr Steinberger, stehen nicht mehr weit entfernt vom Beginn des Herbstes Ihres Lebens – und machen sich als tiefsinniger Mensch Gedanken über das ‹Jetzt-Vorfindliche› hinaus.

Gar nicht mein Ding, bei solchen Projekten meine Meinung abzugeben. Weiter stand geschrieben:

Ihr Beitrag darf gerne persönlich sein, ohne dass Sie dabei Privates offenbaren, wenn Sie das nicht möchten.

Auf fünf A4-Seiten Persönliches von mir geben, ohne dabei Privates zu äussern? Wie sollte das gehen? Das wäre nicht mal mehr eine Gratwanderung, das wäre bereits Kunst gewesen. Ich fühlte mich nicht zu so etwas in der Lage und wollte auch nicht über den Tod schreiben, da ich ja sowieso nur Vermutungen anstellen könnte. Solche Zeilen und Gedanken gibt es von anderen schon genug.

Es ist aber nicht so, dass mir zu Thema Alter nichts einfallen würde. Zum Beispiel fand ich es sehr interessant, als Willy Millowitsch als 80-Jähriger in einem Interview die Frage, wie er noch so aktiv sein könne, folgendermassen beantwortete:

Solange ich arbeite, ist meine Zentrale im Kopf besetzt. Sobald ich aber aufhöre, klingelt in meiner Zentrale ständig das Telefon und jedes Organ meldet irgendeinen Schmerz.

Das stimmt sehr gut mit der Beobachtung eines Hausarztes überein, der mir einmal erzählte, wie erschreckend es für ihn sei, bei seinen Patienten mitzuerleben, wie es mit ihnen nach der Pensionierung gesundheitlich abwärtsginge und wie sie an Lebensmut und Freude verlören. Die Langweile halte Einzug, und plötzlich gebe es nur noch ein Thema: den Lebensabend, das Alter und das bevorstehende Ende. Das soll sich bei mir nicht einschleichen. Deshalb bringen Sie bitte Verständnis dafür auf, wenn ich weiterhin aktiv bleiben möchte und versuche, nicht weiter über mein Alter zu sinnieren.

Aber noch ein letztes Mal zurück zur Zahl 80. Grafisch gesehen ist das eine schöne geschwungene Zahl mit einem rundum sauberen Abschluss. Sie eckt nirgends an. Die Zahl 8 kann man um 90 Grad kippen, und schon wird sie zum mathematischen

Symbol für Unendlichkeit. Man kennt dieses Symbol noch von älteren Fotoapparaten, wo man die Entfernung einstellen konnte. Und wenn man der 0 von oben einen kleinen Stups gibt und sie unten ein wenig zusammenquetscht, entsteht daraus ein Herz. 80, ein Symbol für unendliche Liebe. Wenn mir das nur schon eingefallen wäre, als ich die vielen Interviews zu meinem bevorstehenden 80. Geburtstag geben musste!

«Ich ha au scho Kontaktgläser vo de Grossmueter agha. Das gohd wunderbar. Ich gseh denn nur e chli älter us.»[1]

Aus Alt mach Jung

Kürzlich hat mich einer, immerhin schon mit der Zahl 80 auf dem Buckel, als Neu-Pensionierten, also 65-Jährigen eingeschätzt. Schön und gut. Ich nahm es mit einem Schmunzeln entgegen.
Aber können Sie sich eigentlich vorstellen, welche Mühen und Leiden es mich gekostet hat, so ein Resultat zu erzielen? Soll ich Ihnen verraten, zu welchen Hilfsmitteln ich im Laufe meines Lebens gegriffen habe, um so mit meinem Aussehen zu tricksen?
Also, ich besuchte jeden zweiten Tag, morgens um sechs Uhr, den Vita-Parcours im Bireggwald bei Luzern. Anschliessend meditierte ich jeweils 15 Minuten in einer abgelegenen Kapelle, um mich mental auf den bevorstehenden Bürotag vorzubereiten. Ein professionelles Lauftraining alle drei Tage mit einem Personal-Trainer hielt mich fit. Natürlich fand dieses Training mit dem Hintergedanken statt, eines Tages am New York Marathon teilnehmen zu können. Leider konnte ich aber aus beruflichen Gründen (wegen meiner Tourneen) nie teilnehmen und musste mich mit populären Läufen begnügen, wie «Rund um Littau» oder «Frauenfeld, auf und

davon». Schwimmen gehörte natürlich auch zu meinem festen Fitnessprogramm. Vegetarische Kost war ein Muss, und auf meinem Speisezettel waren stets Nüsse und Karotten zu finden. Nur zu einer Verjüngungswaffe wollte ich nie greifen: dass man mir im Gesicht herumschnipselt, um Falten zu glätten und Augensäcke verschwinden zu lassen. Natürlich hatte man mir oft dazu geraten, da ich doch immer wieder vor Fernsehkameras stehen müsse. Aber ich verneinte dieses Ansinnen konsequent, da ja in diesen meinen Augensäcken viele kostbare Erinnerungen archiviert waren. Da sind einerseits die vielen Freudentränen, die nicht rechtzeitig den Tränendrüsen entweichen konnten, obwohl sie allen Grund dazu gehabt hätten. Aber auch ein paar Ärgernisströpfchen müssten sich noch in meinen Augensäcken befinden, die sich durch Enttäuschungen bildeten, die ich aber ganz bewusst daran hinderte, vergossen zu werden und dazu verurteilte, in meinen Tränensäcken zu verharren oder zu vertrocknen.

Aber jetzt seien Sie mal ehrlich, haben Sie mir all das geglaubt? Würden Sie mir wirklich zutrauen, dass ich so ein Programm streng und konsequent durchziehe? Nein, nein, Sie sind mir sicher nicht auf den Leim gegangen. Aber vielleicht wollen Sie dennoch wissen, warum ich als 80-Jähriger «noch so jung wirke», wie man mir immer wieder sagt.

Vielleicht ist dies des Rätsels Lösung: Ich trieb keinen Sport, meinen Gelenken zuliebe, und ich legte mich niemals stundenlang an die Sonne, meiner Haut zuliebe.

«Das chasch nur mit em Dreisprung löse.»[2]

Zeige mir dein Ohrläppchen!

Kürzlich, beim Blättern in meinen Fotoalben, ist mir aufgefallen, dass sich mein Gesicht in den letzten 80 Jahren markant verändert hat.
Nehmen wir zum Beispiel meine Ohren. Als Kind fand ich immer, dass sie zu klein geraten seien. Von meinen heutigen Lauschern würde ich das nicht mehr behaupten. Dafür weiss ich aber heute, was kleine Ohrläppchen, wie ich sie als Kind noch hatte, über einen Menschen aussagen. Das behalte ich aber für mich.
Ich kannte mal eine Frau, die Physiognomie studiert hat. Sie hatte die etwas unangenehme Angewohnheit, alle Menschen, denen sie begegnete, immer gleich anhand ihrer Gesichtszüge, charakterlich einzuordnen. Déformation professionnelle nennt man so etwas. «Du musst dir nur ihr Kinn anschauen», sagte sie einmal zu mir, «dann weisst du alles über sie. Oder die Nasenflügel! Hast du einmal die Form ihrer Nasenflügel studiert? Du kannst dir ja vorstellen, was das über sie aussagt, oder?!»
Ich empfand ihre Urteile immer knallhart, begann aber automatisch damit, meine eigenen Gesichts-

züge unter diesen Gesichtspunkten zu analysieren und zu beurteilen.

Ist mein Hinterkopf zu wenig stark ausgeprägt? Das würde auf mangelnde Intelligenz hinweisen. Ich beobachtete auch, wie meine Augenbrauen wuchsen und welche Form sie bekamen. Schon als kleiner Junge hatte ich bei den Frauen schöne, nach oben geschwungene Augenbrauen bewundert. Damals genoss ich es, den in der Zeitschrift *Sie und Er* abgebildeten Frauen mit Farbstiften ein neues Augenbrauen-Make-up zu zeichnen. Es war mir natürlich nicht bewusst, dass ich ihnen damit auch einen neuen Charakter verpasste.

Meine Nase war für meinen Geschmack immer etwas zu gross. Ausserdem hat sie einen leichten Bogen. Immerhin nicht so stark, dass sie mir das Profil eines Adlers gegeben hätte. Eine gewisse Ähnlichkeit zum Schauspieler Theo Lingen bescherte mir diese grosse Nase schon, und noch dazu trug ich, wie er, den Haarscheitel immer in der Mitte. So kam ich als Jugendlicher aufgrund meines Aussehens auf die grossartige Idee, ihm einen Brief zu schreiben. Ich erklärte ihm, dass ich eine gute Wahl wäre, falls er einmal in einem Film einen jungen Schauspieler bräuchte, der seinen Sohn spielt. Leider hat nie ein Antwortbrief den Weg in meinen Briefkasten gefunden.

Kürzlich habe ich gelesen, dass man an der Form der Nase auch den Grad an Diplomatie eines Menschen ablesen könne. Vielleicht war es etwas undiplomatisch vom jugendlichen, grossnasigen Emil, einem so erfolgreichen Schauspieler unter die Nase zu reiben, dass es da draussen noch einen gab, der ziemlich genau so aussah wie er.

«En anderi Nase söttet Sie ha. E chli en prägnanteri, e kräftigeri Nase. Hend Sie nüd anders?»[3]

Berufsberatlosigkeiten

In meinem Brief an Theo Lingen hatte ich eigentlich zum ersten und auch zum letzten Mal geäussert, dass mich die Schauspielerei interessieren könnte. Mir war bereits aufgefallen, dass Berufsberater es einfach ignorierten, wenn ich im grossen Fragebogen als Wunschberuf auch bei «Schauspieler» ein Kreuzchen machte. Oder aber sie sagten: «So so, Schauspieler möchtest du werden!», und damit war das Thema abgehakt.

So ein Berufsberater wusste natürlich viel besser als ich – vielleicht aufgrund meiner speziellen Physiognomie –, was für ein Beruf zu mir passen würde. So empfahl mir der eine, ich solle doch Coiffeur werden oder Graveur. Ein anderer fand, dass Tapezierdekorateur ganz gut zu mir passen würde. War das ein Zufall, dass all diese Berufe auf «-eur» endeten? Es hätte demnach vielleicht noch andere Berufe gegeben, die zu mir gepasst hätten, wie zum Beispiel Installateur, Souffleur, Stuckateur und Profiteur. Meine spontane Antwort war immer dieselbe: «Nein, nie!» Aber die schleuderte ich den Berufsberatern nicht direkt ins Gesicht. Dafür war ich viel zu scheu und feige. Nein, ich schrieb von zu Hause aus einen ehrlichen Brief und fand etwas anständigere Worte. Obwohl, manchmal denke ich, vielleicht hätte ich dem Berufsberater doch folgen sollen, der aus mir einen Coiffeur machen wollte. Wenn meine Frau Niccel jeweils über ihre Haare jammert und betont, dass sie lieber zum Zahnarzt geht als zum Friseur, dann bedauere ich es immer ein bisschen, dass ich ihr nicht die Top-Frisur schneiden kann, die ihr Gesicht – und ihre Stupsnase – am besten einrahmen würde.

«Ohä, gids no Arbet!»[4]

Haarsträubende Idee

Wenn ich mich wieder einmal dazu durchgerungen habe, meine Haare schneiden zu lassen, und in den Coiffeursalon marschiere, heisst es entweder «Nein, Francesco hat heute frei» oder «Chantal hat geheiratet und lebt jetzt in Venedig» oder aber «Babsi arbeitet nur noch freitags und samstags».

Mit anderen Worten, immer wenn ich das Gefühl habe, endlich eine Coiffeuse oder einen Coiffeur gefunden zu haben, mit der oder dem ich mich verstehe, werde ich spätestens beim dritten Coiffeurbesuch damit konfrontiert, dass sie oder er mir nicht mehr zur Verfügung steht.

Fast etwas widerwillig lasse ich mich dann von jemand anderem bedienen. Meist wird die Lehrtochter damit beauftragt, mir erst einmal die Haare zu waschen. Wie ein begossener Pudel sitze ich anschliessend im Coiffeurstuhl und muss mich wartend im Spiegel anstarren, um festzustellen, dass ich dringend einmal wieder Ferien nötig hätte. Dann erscheint der neue Coiffeur und fragt:

«Wie tragen Sie denn die Haare?»

«Auf dem Kopf!», möchte ich am liebsten antworten.

Hat er mich denn beim Reinkommen nicht gesehen? Ich möchte natürlich meine Frisur behalten und einfach etwas nachschneiden lassen. Aber wie soll ich ihm jetzt anhand dieser klatschnassen Haare beschreiben, wie ich normalerweise aussehe und wie er meine Haare kämmen, scheiteln und schneiden sollte?
«Also, mein Scheitel geht leicht schräg nach vorn», versuche ich zu erklären, «und die Stirnhaare müssten etwas gekürzt werden, sollen aber noch locker ins Gesicht fallen. Und bitte die Ohren nicht zugedeckt lassen und im Nacken die längeren Haare etwas kürzen, so um die zwei Zentimeter, aber nicht zu kurz ...»
Ich kann den Satz kaum beenden, da beginnt er auch schon wie wild an meinen Haaren herumzuzupfen, und fragt beinahe etwas vorwurfsvoll:
«Wann waren Sie denn das letzte Mal beim Coiffeur?»
Auf diese Frage habe ich gerade noch gewartet! Soll ich jetzt meinen Kalender zücken und nachforschen, wann das gewesen ist, damit wir ausrechnen können, ob meine Haare wirklich so viele Tage benötigt haben, um so lang zu werden?
«Da hinten im Nacken haben Sie einen Wirbel», stellt er fachmännisch fest.
«Ja ja, so ist das», murmle ich etwas mürrisch vor mich hin. Können Sie sich vorstellen, wie oft ich in achtzig Jahren den Coiffeur gewechselt habe und wie viele Male ich diesen Satz schon gehört habe?

«Aber bitte nicht zu kurz schneiden!», ermahne ich ihn nochmals.
Und er bestätigt eher beiläufig:
«Ja ja, nur die Spitzen und allgemein etwas ausdünnen.»
Und schon beginnt seine Schere zu klappern und schneidet unermüdlich, korrigiert immer wieder und schnippelt munter drauflos, bis die Haare schlussendlich doch viel kürzer sind, als ich sie haben wollte.

Lachen Sie jetzt nicht, aber ich hätte da eine Erfindung, die Sie gern patentieren lassen können. Die Haar-Card. Auf dem Chip dieser Karte wären, wie bei einer Krankenversichertenkarte, alle wichtigen Daten über meine Haarpracht registriert und für den Coiffeur abrufbar. Gewünschte Haarlänge, Scheitel, Schuppen, fettig oder zu trocken, alle Wirbel natürlich auch. Der Coiffeur müsste die Karte nur noch in seinen Computer stecken, und schon wüsste er, wie er mich behandeln soll, welches Shampoo ich bevorzuge, ob mit oder ohne Gel, mit oder ohne Styling-Schaum, mit oder ohne Spray …
Und natürlich wären alle schneidetechnischen Angaben auf dieser Karte vorhanden, damit er sofort wüsste, wie er schneiden muss.
Der Zahnarzt kann ja heutzutage auch einfach auf eine Taste am Computer drücken, und schon er-

scheint mein Gebiss auf dem Monitor und lächelt uns an.

Mit so einer genialen Haar-Card wäre es mir in Zukunft auch egal, wenn Ludmilla schwanger ist und Elsa gekündigt hat. Ich wäre sogar so entspannt, dass ich während des Haarschneidens seelenruhig einen Espresso geniessen und in der Klatschpresse blättern würde, und das Trinkgeld für den begabten Coiffeur würde sicher auch höher ausfallen als bisher.

«Frohe Gäste, frohes Paar, keine Suppe ohne Haar.»[5]

Echt emilesk 1

Immer wieder erreichen mich Briefe von Fans, die im alltäglichen Leben skurrile Situationen erleben, die sie irgendwie an meine Nummern erinnern. Oft schildern sie mir diese Ereignisse, verbunden mit dem Tipp, falls ich mal wieder Nummern kreieren würde, könnte ich ja mal so etwas auf der Bühne darstellen. Den folgenden Brief las ich mit Vergnügen und Kopfschütteln zugleich. Würde man so etwas auf der Bühne spielen, würde einem wahrscheinlich gesagt, jetzt übertreibe man als Komiker ein bisschen zu stark. Aber lesen Sie doch einfach selbst!

Das Cargo-Tram

Ich habe mir den Termin für die Sperrgutabfuhr per Cargo-Tram gemerkt, und so packte ich das Verpackungsmaterial der neuen Waschmaschine, die wir kürzlich gekauft hatten, Styropor und Plastik, in einen neuen schwarzen, 110 Liter fassenden Plastiksack, um es zur Sperrgutstelle zu bringen. Zwei riesige Mulden von der Abfuhr standen auf dem Platz, dabei vier Männer, die nicht anderes zu tun hatten, als auf Kunden zu warten.

Ich begab mich zu ihnen, um den Inhalt in die Mulde zu kippen. So einfach war dies aber nicht. Ein junger, ernsthaft aussehender Mann, nahm mir den Sack aus den Händen und sagte, es sei nicht gestattet, schwarze Abfallsäcke zu bringen. Hier sei Sperrgutabfuhr. Etwas erstaunt erwiderte ich, ich wolle den Sack gar nicht wegwerfen, im Gegenteil, da er neu sei, wolle ich ihn wieder mitnehmen. Ich hätte ihn nur als Transportmittel benutzt. Dies sei eben nicht gestattet, seine Antwort. Ich verstand die Welt nicht mehr. Aber Styropor sei doch Sperrgut, sagte ich. Das schon, aber schwarze Säcke nicht. Wenn ich die Ware in einem Sack bringen wolle, so müsse es ein weisser Züri-Sack sein.

«Aber für den Züri-Sack muss ich doch bezahlen», war meine Antwort. «Ja eben», erwiderte er. «Aber Sperrgut ist doch gratis, oder?» – «Schon, aber schwarze Säcke sind nicht gestattet.»

Dann wiederholte er nochmals alles.

Ich nahm den Sack und kippte den Inhalt in die Mulde. Jetzt wurde der junge Mann fast rabiat. «Wenn das nun von einer anderen Frau beobachtet wurde, so kommt diese ebenfalls mit einem schwarzen Sack und sagt, sie hätte gesehen, dass man auch schwarze Säcke akzeptieren würde, was doch ausdrücklich verboten ist, und so zieht dies immer weitere Fälle nach sich!»

Langer Rede, kurzer Sinn. Ich fragte, ob ich diese Bündel ohne Weiteres in die Mulde hätte werfen können, hätte ich den Inhalt des Sackes zehn Meter vor der Mulde rausge-

nommen und gebündelt. «Genau so ist es», bekam ich zur Antwort. Die Miene des jungen Mannes hellte sich auf. Er wurde dann sowieso abgelenkt, weil er eine Frau gesehen hatte, die ihr Auto auf dem Parkplatz vor der Migros parkiert hatte und aus dem Kofferraum ein paar kurze Holzbretter auslud und damit in Richtung Mulde kam. «Da sehen Sie», sagte der junge Mann, «ein anderer Fall, das ist ebenfalls verboten!» Aber wieso denn, Holz sei doch Sperrgut? «Das schon, aber es darf nicht mit dem Auto gebracht werden!» – «Aber es ist doch gestattet, mit dem Auto zur Migros zu fahren, um dort einzukaufen, und wenn man bei dieser Gelegenheit noch ein paar Bretter mitbringt, darf man diese doch zur Mulde tragen?» – «Nein, eben nicht! Sonst kommen die Leute vom ganzen Kanton und bringen ihren Abfall nach Zürich, wo sie keine Steuern bezahlen.» Usw. usf. Dann stand bei der Frau mit den Brettern schon ein Polizist, der sie aufhielt, damit sie die paar Bretter nicht herbringen konnte. Neben der Mulde standen noch zwei andere Mitarbeiter. Zu tun gab es für keinen etwas. Wir bezahlen ja Steuern in Zürich, also braucht man nicht mit Personal zu sparen.

Vielleicht organisiert die Stadt solche Situationen, damit die Bürger etwas zum Lachen haben, denn sie will ja gesunde Menschen – Lachen ist gesund.

Es freut mich immer, wenn Leute mit der Emil'schen Optik herumlaufen und Alltagsszenen, über die sie sich früher fürchterlich aufregten, mit einem Schmunzeln entgegennehmen und sich dabei einfach denken: «Das gäbe wieder eine gute Emil-Nummer!»

Vernarrt in die Clowns

Ich war schon als kleiner Junge total vernarrt in die Clowns, besonders in die Clowns der Freiluftarena Pilatus, die in den Fünfzigerjahren oft wochenlang auf dem Sempacher Platz in Luzern gastierte.
Sobald die Bühlmann-Kinder der Arena Pilatus im Moosmattschulhaus auftauchten, wussten wir Primarschüler, es war wieder so weit, die Artisten und Clowns sind in Luzern eingetroffen.
Bei schlechtem Wetter hing an der Kasse ein Täfelchen: «Heute keine Vorstellung». Schliesslich fanden ja die Vorstellungen unter freiem Himmel statt. Das war für mich immer eine grosse Enttäuschung. Vergebens war ich mit dem Fünfzig-Rappen-Stück in der Hand von der Tödistrasse zum Sempacherplatz geeilt. Mehr konnte mir meine Mutter damals für den Eintritt nicht mitgeben, war doch in der Nachkriegszeit unser Familienbudget sehr limitiert. Bei jeder Gelegenheit wohnte ich dem Spektakel der Circus-Arena bei. Deshalb musste ich mich ab und zu auch mal durchmogeln, indem ich der Billettverkäuferin, die beim Stehpublikum einkassierte, vorauseilte. Oder ich schlich mich von hinten wieder

heran. Immer gelang es mir allerdings nicht zu schummeln. Glücklicherweise drückte die Kassiererin dann meist ein Auge zu und liess mich mit meinem Fünfzigerli als Zuschauer gewähren.
Endlich kamen die Clowns auf die Bühne. Allein schon die Art, wie sie sprachen, faszinierte mich: «Herr Direktor! Jetz isch fertig Musig! Jetz tüend mir schaffe!», befahl Clown Pio und zog saubere, weisse Handschuhe an. Darauf folgte ein Juchzer, und er zog seine viel zu weiten Hosen hinauf bis über die Schultern. Natürlich gab es auch einen Weissclown, der viel gepflegter sprach und versuchte, den dummen August zu erziehen, indem er ihm immer wieder mit einem aufgeblasenen Saumagen auf den Kopf schlug.

Schon zum x-ten Mal hatte ich die Nummern *Die Wetterstation* und *Bienchen, Bienchen, gib mir Honig!* gesehen, aber immer wieder aufs Neue faszinierte mich das reduzierte clowneske Sprachrepertoire von Pio, gepaart mit einer gewissen Dummheit. Und ihm gegenüber die strenge Wichtigtuerei des Weissclowns. Es war beste Komik, die mein Herz immer wieder vibrieren liess.
Natürlich, wenn Clown Pio bei der *Wetterstation* auf den falschen Knopf drückte – und das tat er ja regelmässig –, gab es Gewitter statt Sonnenschein, und eine grosse Menge Wasser prasselte über den armen

Kerl herab. Zum Trost durfte der arme Tropf aber dann den gleichen Trick einem noch dümmeren Clown vorführen, mit dem Resultat, dass Pio beim Erklären auf den falschen Knopf drückte und ... Sie wissen ja!
Begeistert war ich auch davon, wie Clown Pio jeweils seinen Schlussabgang in den viel zu weiten Hosen zelebrierte. Diesen speziellen Gang übte ich natürlich zu Hause sofort ein, und Jahre später kam er wieder zum Vorschein, als ich auf der Bühne eine Tanzstunde improvisieren sollte. Beim Abschlussgang dieser Improvisation baute ich Pios verrückten Beinschlenker mit ein und holte mir damit einen Sonderapplaus.

«Wir üben noch einmal den zweiten Teil der Mozart-Serenüde, und zwar dort, wo der 7/8-Takt in einen 9 3/4-Takt hineinfällt.»[6]

Improvisationslust

Bei meinem Programm *Emil träumt* erlaubte ich mir, in jeder Vorstellung eine Nummer zu improvisieren. Ich stellte mich jeweils vor das Publikum und erklärte:

«Ich würde jetzt gern einmal eine Nummer improvisieren. Das heisst, dass Sie mir einmal zurufen können, was für eine Szene aus dem Alltag ich spielen soll. Ich werde das dann sofort umsetzen.»

Da wurden die verrücktesten Vorschläge gemacht. Wenn ich spürte, dass eine Idee beim Publikum besonders grossen Anklang fand, setzte ich sie spontan in einer Improvisation um.

Bei der Premiere im Zürcher Bernhard-Theater wurde mir zugerufen: «Ein Tankstellenwart!» Allgemeines Gelächter. Schon kam der nächste Zuruf: «Aber einer ohne Benzin!» Es wurde noch mehr gelacht. Jetzt war es an mir, diese Szene so zu spielen, dass ich damit möglichst viele Lacher erzielen konnte.

Ich hatte mit dem Techniker vereinbart, dass ich mit dem Finger schnipsen würde, wenn er mit dem Licht einen Blackout machen solle, um so das Ende der Nummer zu markieren. Es lief wunderbar. Es kamen mir viele originelle Sätze in den Sinn. Die Zuschauer lachten und applaudierten sehr lange und dankbar.

Am nächsten Tag stand in der NZZ:

Die beste Nummer des Abends war Der Tankwart, *aber man kommt einfach nicht drum herum, zu denken, dass die Nummer vorbereitet und der Zuruf aus dem Publikum gestellt war.*

Das schmerzte mich schon ein wenig, denn es war eine echte Improvisation. Der Journalist schrieb weiter:

Sollte ihm eine Improvisation einmal nicht gelingen – und wer kann sich schon darauf verlassen, dass ihm immer, aber auch wirklich immer etwas Originelles einfällt –, dann wird für ihn die Situation doppelt peinlich ausfallen.

Natürlich hat man beim Improvisieren nicht viel Zeit zum Nachdenken. Aber das ist ja vermutlich das Gute, dass man nicht zu lange denken kann, sondern ganz spontan und mutig handeln muss. Schön ist es dann natürlich, wenn die Zuschauer bereits bei der ersten kleinen Geste lachen, denn dieses Lachen, diese drei Sekunden, geben einem die Zeit, bereits die Fortsetzung zu planen.

In der hochdeutschen Sprache wagte ich es allerdings nur ganz selten, so eine Improvisation anzubieten. Allein der Prozess im Hirn, die spontanen Ideen rasch ins Hochdeutsche übersetzen zu müssen, wirkte wie eine Bremse. Das war mir zu riskant. Interessant zu beobachten war übrigens, dass es je nach Stadt ganz andere Lieblingsthemen gab. In Zürich rief man mir gern folgende Ideen zu: Trämler, Zeitungsverkäufer, Nudist, Hilfspolizist, Miss-Wahl, Pilzkontrolleur, Autoverkäufer, Hebamme, Pfarrer, Kaffeekränzli, Vater und Sohn im Zoo, Geigenstunde, Zahnarzt, Vor der Geburt, Imker, Schönheitschirurg usw.

In Basel hörte ich oft diese Vorschläge: Kondukteur im Gratistram, Basler Fussballfans, Staubsaugervertreter, Banklehrling, Mann in der Wüste, Fallschirmspringer, Fahrlehrer, Ballonfahrer, Ein Zürcher an der Basler Fasnacht, Astronaut findet auf dem Mond ein Stück Käse, Ein Pilot, der über die Piste hinausfährt, Vater von Fünflingen usw.

Die Luzerner wünschten folgende Improvisationen von mir: Liftmonteur, Heizungsmonteur, Dirigent, Das Wort zum Sonntag, Skilehrer, Beichtvater, Detektiv, Weichenöler im SBB-Bahnhof, Milchmann im Hochhaus, WK-Soldat, Zollbeamter, Blutspender usw.

Die zweite Vorstellung eines neuen Programms war immer die schwierigste für mich. Auch bei diesem Programm. Ich hatte einige Ideen für Änderungen

im Kopf und wollte mir dies und das bis zur zweiten Vorstellung neu überlegen, aber gleichzeitig war ich ausserordentlich müde, schliesslich war am Vorabend noch Premierenfeier gewesen. Mit anderen Worten, mir blieb am zweiten Vorstellungsabend nichts anderes übrig, als tief durchzuatmen und hinaus auf die Bühne zu treten. Nach der Pause, bevor ich zurück auf die Bühne ging, fragte mich der Techniker, wann ich denn heute die Improvisation machen würde. Ich antwortete ihm, dass ich heute wahrscheinlich nicht fit genug für eine Improvisation sei.
Als ich nach einer Nummer kurz hinter die Bühne kam, um mich umzuziehen, fragte er mich nervös:
«Kommt jetzt noch eine Improvisation oder nicht?»
«Ja, okay, ich mache sie gleich jetzt», willigte ich ein und huschte zurück auf die Bühne, um sie anzukündigen. Gewünscht wurde: Beim Frauenarzt. Oh, wie heikel! Aber sie gelang mir, und es gab grossen Applaus.

Von diesem Tag an fasste ich den Entschluss, nicht mehr zu zaudern, sondern jeden Abend eine Improvisation zu machen. Es gab keine Entschuldigung von wegen zu ausgelaugt, schlecht gelaunt oder müde. Ich wusste, ich kann es so oder so. Und das habe ich dann während 250 Vorstellungen auch so eingehalten. Einige dieser Improvisationen sind zu festen Nummern meiner späteren Programme geworden, wie zum Beispiel *Der Imker, Der Pilot* und *Der Blutspender.* Glücklicherweise habe ich viele dieser Improvisationen mit einem einfachen Kassettengerät aufgezeichnet. Das erlaubt es mir, Ihnen hier ein paar Müsterchen zu präsentieren (aber bitte seien Sie nachsichtig, denn ich habe sie nicht nachträglich verfeinert, korrigiert oder weiter bearbeitet).

Der Occasionsverkäufer

Verkäufer:
Grüezi, suchen Sie etwas Altes oder Neuwertiges? Hier haben wir noch was Rostiges – eh, Rosiges. Soeben abgeliefert worden. Hatte Totalschaden. Bitte nicht über die markierte Linie treten! Das Auto sollte man nicht berühren. Es ist nur für heute zusammen ... ge ... geklebt worden. Bitte nicht die Tür öffnen, die Scharniere sind noch im Service. Nein, er hat nicht viele Kilometer auf dem Buckel. Nur eine Kreuzung. Ein Amerikaner hat ihn gefahren. Bei denen gibts keine Kreuzungen, da geht es immer entweder oben oder unten durch. Aber das Auto sieht recht frisch aus, es hat eine gesunde Länge. Was zu lang? Nein, absolut nicht zu lang. Wenn es regnet, dann werden Sie sehen, wie er schrumpfen kann. Er wurde neu mit Dispersion gestrichen, das ist eine Rostfarbe. Macht man heute gleich zu Beginn. Was

wollen Sie? Mal unten reinschauen? Das können Sie, aber Sie wären nicht der Erste, der nicht mehr lebend wieder zum Vorschein kommt. *(Blackout)*

Der enttäuschte Bräutigam

Bräutigam:
Marie Louise, wo bist du? Du musst mir immer sagen wo du bist. Jetzt haben wir nur eine Zweizimmerwohnung und ich sehe dich nie. Ich will immer wissen, wo du bist, sonst plötzlich erschrecke ... ich – wie jetzt! – wenn du plötzlich auftauchst.
Hast dich immer noch nicht umgezogen? Jetzt sind wir schon drei Tage in der Wohnung, und du hast immer noch das Brautkleid an. So kannst du jedenfalls nicht Milch holen.
Ich habe grossen Hunger. Wann kochst du überhaupt? Nach drei Tagen hast du noch nie den Gasherd in Funktion gesetzt. Etwas Wärmeres vielleicht? Du machst ja schon seit drei Tagen ein Gesicht wie rohe Ravioli, aber gekocht hast du noch keine.

Wann kommen eigentlich die Möbel? Man kann sich nicht einmal hinsetzen. Das Licht können wir auch nicht anzünden, weil wir noch keine Vorhänge haben. Was? Langweilig? Geh doch in den Gang etwas spazieren! Was? Aha, dort warst du schon.

Deswegen brauchst du mir nicht so freche Antworten zu geben! Du musst nicht meinen, weil du zehn Jahre älter bist, du könntest mir sagen, was du willst. Schliesslich ist es auch nicht selbstverständlich, dass ich mit achtzig nochmals geheiratet habe!

Der schüchterne Möbelkäufer

Käufer:
Ich möchte für mich und noch jemanden eine ziemliche Aussteuer einführen, oder einrichten, etwas wo gleich alles zusammen inklusive ist. Etwas in der billigeren Preisklasse, es müssen nur gute Kissen sein. Ja, auch mit einem Bett. Was französisch? Nein, meine Frau spricht Italienisch. Also eben, eine gewisse Breite muss es schon haben. Vielleicht zwei Schrittlängen, oder so, dass man nicht merkt, wenn ich mal zu spät nach Hause komme. Nein, bitte keinen Graben zwischen den Betten. Brauchen wir nicht, bei uns regnet es nicht ins Zimmer.

Da ich meinen Ehering noch nicht anhabe, muss man einen Ausweis bringen, wenn man zwei Betten kaufen will?
Wenn ich ledig wäre, könnte ich trotzdem zwei Betten kaufen? Das verbietet der Staat nicht? Sie hätten das auch früher sagen können. In dem Fall

also zwei Betten, zwei Bettvorlagen, zwei Pyjamas, zwei Türvorlagen, und dann alles einfach mal zwei. Preis spielt keine Rolle, wir werden sowieso nie zahlen können.

«Ich ha mich agmäldet be Ihne wäg em … Aazapfe.»[7]

Eine Nacht in Paris

1966, nachdem meine erste Frau, Maya, und ich geheiratet hatten, machten wir unsere Hochzeitsreise nach Paris. Für den Abend hatten wir einen Besuch im berühmten Cabaret Crazy Horse programmiert. Eine sehr freche Show mit bildhübschen Frauen auf der Bühne. Aber kaum betraten wir das stimmungsvolle Cabaret, hörte ich auch schon jemanden nach mir rufen: «Emil! Das gids jo ned! Hoi, Emil!»
Ich erhob schnell den Arm zum Gruss, ohne mich nach der Person umzudrehen, und ging, mit Maya am Arm, weiter.
Da sehen Sie's, von wegen Emil inkognito in Paris. Man könnte es zwar auch anders ausdrücken: Wir Schweizer sind einfach überall.
Ernst Brunner, der bekannte Bankier aus Luzern und grosse Mäzen und Sponsor vieler kultureller Ereignisse in der Leuchtenstadt, hatte uns zur Hochzeit einen Tag Paris geschenkt. Er war übrigens auch, ganz nebenbei bemerkt, treuer Besucher unserer Lokalcabarets Gixgäbeli und Cabaradiesli.
Wir freuten uns natürlich über dieses Geschenk. Ich hatte mich damals gerade erst als junger Grafiker

selbstständig gemacht, und unseren bescheidenen Einkünften entsprechend konnten wir uns in Paris nur eine einfache Absteige als Unterkunft leisten. Da war es natürlich schön, dass wir noch in den Genuss des von Ernst Brunner geschenkten Tages kommen sollten. Als wir in unserem kleinen Hotel ankamen, wurden wir von den Hotelleuten sehr herzlich empfangen. Sie wussten um den Grund unserer Reise. Nachdem wir aber unser Doppelzimmer betraten, machten wir nicht gerade die fröhlichsten Gesichter. Einen Meter weit voneinander entfernt standen zwei getrennte Betten darin. Das geht so nicht, sagten wir uns und rückten erst einmal das zwischen den Betten stehende Nachtschränkchen beiseite. Dann wollten wir die Betten zusammenschieben. Hauruck! Knirsch und knarz! Alle vier Beine des einen Bettes knickten mit einem lauten Krachen ein, sodass es nun direkt auf dem Boden und 40 Zentimeter tiefer als das andere Bett lag.

Da gab es nichts mehr zu korrigieren. Die Nacht versprach schön zu werden mit einem Bett im Parkett und dem anderen auf der Empore.

Nun wollten wir aber das Geschenk von Bankier Brunner einlösen und einen schönen Paris-Tag mit ihm verbringen. Er hatte angekündigt, im Hotel Ritz erreichbar zu sein. Ob er wirklich dort sein würde? Wir fuhren zum Ritz und meldeten uns an der Réception.

«Il vient vous chercher», wurde uns gesagt, und schon sahen wir den eleganten Monsieur Brunner mit einem unglaublichen Strahlen im Gesicht die Treppe hinunterkommen.
Natürlich gab es erst einmal Champagner. Danach ging es in eine typisch französische Beiz, die sich als sensationeller Ort entpuppte, mit bestem Essen, Café und Kuchen. Wir besuchten nur ausgewählte Original-Lokale mit Herrn Brunner. Und, was natürlich grossen Eindruck auf uns machte, er wurde überall herzlich empfangen und mit Namen begrüsst. Er sprach ein perfektes Französisch und ging immer sehr charmant mit den Menschen um. Zum Abendprogramm gehörte natürlich ein Besuch des weltberühmten Moulin Rouge. Danach noch in eine original Pariser Kneipe an der Place Pigalle. Es wurde drei Uhr morgens, bis unsere private Sightseeing-Tour beendet war.
Am nächsten Morgen trafen wir uns auf einen Kaffee. Wir bedankten uns nochmals für den schönen und eindrucksvollen Tag mit ihm. Doch dann konnte ich mir einfach die Frage nicht verklemmen, womit er all das Geld verdiene, dass er so grosszügig sein könne. Ich wusste ja auch, dass er in Luzern gegenüber kulturellen Anlässen sehr spendabel war.
Ernst Brunner störte meine Frage überhaupt nicht. Mit stolzgeschwellter Brust erzählte er uns, dass er ein weltweites Patent besitze, und zwar auf ein spe-

zielles Pulver, dass man dem Schiesspulver beimischen müsse, damit es keine Feuchtigkeit annehme, wodurch ja sonst das Schiesspulver sofort unbrauchbar würde.
Das klang genial und leuchtete mir sofort ein. Clever, dachte ich.

Vier Jahre später erreichte uns die Botschaft, dass der Privatbankier Brunner Selbstmord begangen habe. Das ganze Geld, mit dem er grosszügig Sponsoring betrieben hatte, waren in Wirklichkeit Spargelder seiner Kunden. Millionen von Kundengeldern hatten sich einfach in Luft aufgelöst. Für Luzern war das eine grosse Katastrophe.
Obwohl Ernst Brunner mich immer wieder hofiert hatte, hätte ich nie einen Franken auf seiner Bank angelegt, auch wenn er immer 0,25 Prozent mehr Zins als alle anderen Banken in seinen Inseraten versprach. Zum Glück konnte ich schon früh in der Beziehung zu Ernst Brunner eine Grenze ziehen, und ausser dem Tag mit Maya und ihm in Paris habe ich nie von seinem grosszügigen Sponsoring profitiert. Und wenn er mich ab und zu für seine Gesellschaftsabende als Kabarettist engagierte, waren 150 Franken die oberste Gage.

«Serviertöchter, bringet zwänzg Fläsche Champagner inne! Äh nei, Sekt, Sekt, Sekt!»[8]

Die lieben Welschen

Die Romands sind mir heute noch dankbar für das, was ich im Welschland geleistet habe. Sie strahlen, wenn sie mir begegnen, begrüssen mich mit «Caporal Schnyder» und lachen dabei. Manchmal laufen sie kurz neben mir her und sagen dann ganz diskret: «Merci beaucoup, Monsieur Emil, pour tout ce que vous avez fait pour nous!», und schon marschieren sie weiter.

Eine ältere Frau überreichte mir kürzlich im Bus einen Blumenstrauss. Ich schaute sie etwas verdattert an. Woher hatte sie denn gewusst, dass ich heute mal mit dem Bus ins Büro fahren würde? Nein, nein, der Blumenstrauss war gar nicht für mich. Sie hatte ihn für eine Freundin gekauft, aber da sie mich gerade im Bus antraf, wollte sie ihn mir überreichen, als Dank für meinen herrlichen Humor, den ich zu ihnen ins Welschland gebracht hätte.

Zu meiner grossen Überraschung haben mich bei einer Umfrage der Westschweizer Zeitschrift *Illustré* im Jahr 2008 die Leser zum lustigsten Romand, «le Romand le plus drôle», auserkoren. Da staunte ich nicht schlecht.

In der Zeitung *Le Courrier* war zu lesen, dass man nicht gedacht hätte, dass die Deutschschweizer auch Esprit hätten, «on brille par une certaine lourdeur», aber Emil habe es ihnen bewiesen.
Da kommt so ein Deutschschweizer auf die Bühne, spricht stinkfrech Französisch, obwohl er es gar nicht beherrscht, und bringt die Menschen damit zum Lachen. Wäre Emil als eleganter, geistreicher Deutschschweizer in der Romandie aufgetreten, so schrieb ein anderer Journalist, er hätte vor leeren Sälen gespielt.
Sieht ganz so aus, als hätte ich nicht alles falsch gemacht mit meinen sprachlich nicht ganz perfekten Auftritten in der Westschweiz.

«Ah, Belgique, Belgique … Chic, chic!»[9]

Echt emilesk 2

Ein Fan berichtete mir, dass er nachts mit dem Auto unterwegs von Basel nach Olten gewesen sei. Auf DRS 1 im *Nachtexpress* spielte man die *Polizeihauptwache.* Der Automobilist hatte diese Nummer noch nie gehört und lachte und lachte. Doch dann näherte er sich plötzlich einem Tunnel. Der Sketch war aber noch nicht fertig, und er wollte ihn unbedingt bis zu Ende hören. Im Tunnel hätte er aber sicher keinen Empfang mehr gehabt. Also parkte er kurzerhand auf dem Pannenstreifen und hörte zufrieden die Nummer weiter. Plötzlich hielt ein Polizeiauto hinter ihm an. Ein Polizist kam zu ihm und klopfte ans Fenster.

«Was machen Sie hier?», fragte der Polizist.

«Ich höre mir Emils *Polizeihauptwache* an», antwortete der Mann mit einem leichten Grinsen im Gesicht.

Der Polizist hatte dafür natürlich kein Verständnis und büsste ihn mit 40 Franken. Erst da wurde dem Autofahrer bewusst, dass er sich für dieses Geld doch lieber gleich eine Emil-CD gekauft hätte.

Emil, ein Abenteurer?

Wie schätzen Sie mich ein? Glauben Sie, dass ich mich nie mitreissen lasse, wenn mir jemand etwas ganz Verrücktes unter die Nase reibt?
Im Jahr 1977 war ich während neun Monaten mit dem Circus KNIE in der Schweiz auf Tournee. Ein wundervolles Jahr, das ich nicht mehr missen möchte. Natürlich hatte ich damals immer wieder Ideen, wie man Circus auch noch etwas anders gestalten könnte. Aber wie es so ist, der KNIE hatte ja mit mir schon ein volles Haus bzw. Zelt, warum hätte er da noch etwas ändern sollen?
1979 gastierte ich mit meinem Kabarettprogramm *E wie Emil* in Köln im Theater im Vringsveedel. Nach der Vorstellung sprach mich ein etwas exotisch aussehender Mann an – exotisch, weil seine roten Haare sehr voluminös in alle Richtungen abstanden. Es war Bernhard Paul, der vier Jahre zuvor zusammen mit André Heller den Circus Roncalli gegründet hatte, der ein Jahr darauf pleitegegangen war.
Bernhard Pauls Bestreben war es, den Circus Roncalli nochmals neu zu gründen und ihn allein weiterzuführen. Sah er in mir einen Rettungsanker? Ich

hörte ihm aufmerksam zu und vernahm, dass er sich mit fünf alten Circuswagen, ein paar Artisten und einem Dompteur samt seinen Löwen auf dem Gelände der ehemaligen Stollwerck-Fabrik installiert hatte. Schon tags darauf führte er mich über das Gelände und zeigte mir stolz die alten Circuswagen, die er alle fachmännisch restaurieren hatte lassen. Ich begrüsste die Artisten, die schon seit Monaten darauf warteten, endlich starten zu können. Die Stimmung war, ich kann es nicht anders sagen, auf null, da sie immer wieder vertröstet worden waren. Doch für den geplanten Neustart fehlte einfach das Geld.
Aber jetzt kam der Abenteurer Emil ins Spiel. Einige Tage später fuhr ich für ein paar Tage in die Schweiz. Dort traf ich mich mit der Zürcher Schönheitschirurgin Dr. Trudi Vogt und mit Herbert Lips, der erfolgreich im Personalvermittlungsgeschäft tätig war. Ich orientierte die beiden über die Lage des zukünftigen Circus Roncalli, und sie vertrauten mir. So konnte ich mit 400 000 Franken von uns dreien wieder zurück nach Köln reisen.
Das war der Startschuss für den Neubeginn des Circus Roncalli. Allerdings hatte die Sache noch einen kleinen Haken: Die Artisten hatten sich ausbedungen, dass sie nur blieben, wenn auch dieser Emil bleiben und mit ihnen weiter arbeiten würde. Sie hätten sonst Angst, dass die Direktion sie noch einmal vertröstet. Ich willigte also ein, dass ich bis zur Premiere bleiben

würde, obwohl ich wusste, dass ich eigentlich an meinem neuen Programm, *Feuerabend,* schreiben sollte. Als Nächstes wurde festgelegt, dass der Aufbau des Zelts auf dem Neumarkt in Köln stattfinden sollte, und ich erstellte schon einmal einen genauen Probenplan. Jetzt war ich richtig in meinem Element!
Dann holte ich das Schweizer Clownduo *Pic und Pello* nach einer Münchner Vorstellungsserie am Flughafen Zürich ab und fuhr mit ihnen und Bernhard Paul nach Engelberg, wo wir uns über mögliche Auftritte der beiden Mimen im Circusprogramm besprachen. Es war ein erfolgreiches und unvergessliches Brainstorming.
Schliesslich war er da, der Tag des Zeltaufbaus. Ich wollte den Sprechstallmeister, verantwortlich für den Zeltaufbau, in seinem Wohnwagen abholen, aber er warf mich sofort wieder raus und erklärte, dass all das, die Organisation usw. seine Arbeit sei. Bernhard Paul musste zwischen uns schlichten. So konnten wir auf die Minute genau um neun Uhr mit den Proben beginnen.
Das Zelt stand, aber die Seitenwände waren noch offen, was mir und den Artisten egal war. Hauptsache es ging endlich los. Ich sass stundenlang arbeitend am Manegenrand und wurde dort laufend verpflegt, damit bei den Proben keine Unterbrüche entstehen konnten. Eine meiner gewagten Ideen war es, die Circusmusiker mitten in der Manege zu inszenieren.

Auch liess ich das Raubtiergitter bunt anmalen. Und von einer etwas unbefriedigenden Nummer hoch zu Ross wagte ich mit Clown Pellos Figur *Kopffüssler* abzulenken. In Bernhard Paul fand ich immer einen guten Diskussionspartner. Er kümmerte sich aufs Präziseste um die Gestaltung des Circusvorplatzes und des Bistros. Für Pic organisierte er in meinem Auftrag eine grosse Weltkugel, in der er als Seifenblasen-Clown in die Manege rollen konnte. Dann erst entstieg der poetische Clown dieser Kugel und präsentierte seine legendäre Seifenblasen-Nummer. Die Circuswagen, das kleine Circus-Bistro, die Kostüme der Künstler und Arbeiter, all das hatte der Direktor Bernhard Paul, der früher auch Grafiker war, einmalig schön hergezaubert.
Der Premierentag war da. Der Circusdirektor nervös. Noch zehn Stunden vorher hatte die grossartige Kostümbildnerin bekannt gegeben, dass sie keines der Circuskostüme ausliefere, wenn sie nicht auf der Stelle das versprochene Geld erhalte. Das Problem wurde gelöst, und jetzt war es so weit: Premiere!
Kurz vor Beginn des Premierenabends sagte Bernhard Paul ganz im Vertrauen zu mir:
«Wenn die Premiere in die Hosen geht, lande ich im Gefängnis.»
Er hatte immer noch Millionen an Schulden von dem gescheiterten ersten Roncalli-Projekt mit André Heller.

Ich sass während der Premiere ganz hinten in der letzten Reihe, hatte ein kleines Aufnahmegerät dabei und kommentierte laufend meine Eindrücke und welche Fehler es noch gab und wo man das Programm noch verbessern könnte.
Premierenschluss. Ein nicht enden wollender Applaus. Der Wurf war gelungen und die *Reise zum Regenbogen,* wie dieses erste Programm hiess, war erfolgreich gestartet und musste allein in diesem Jahr in Köln dreimal verlängert werden, da es sich 200 000 Menschen anschauen wollten.
Ich aber fuhr am anderen Tag zurück in die Schweiz. Sofort schrieb ich alles auf, was ich während der Vorstellung in mein Diktafon gesprochen hatte. Die vielen A4-Seiten schickte ich per Express nach Köln, mit der Bitte, sie ans Anschlagbrett zu hängen, damit die Künstler dort meine Gedanken und Empfehlungen nachlesen konnten.
Roncalli spielte von da an monate- und jahrelang in ausverkauftem Zelt. Ein kleiner Wermutstropfen war noch, dass wir drei Schweizer Investoren später mit einem Rechtsanwalt dafür kämpfen mussten, unser dem Circus vorgestrecktes Geld verzinst wieder zurückzuerhalten.
Aber es gab noch einen ganz anderen Nebeneffekt dieses Circusabenteuers. 1980 sass ein fünfzehnjähriges Mädchen im Roncalli-Circuszelt. Sie besuchte die Vorstellung, sooft sie nur konnte. Die Stimmung

hatte sie total verzaubert, wenn nicht sogar wachgeküsst, denn endlich wusste sie, was sie einmal werden wollte: Clown beim Circus. Was sie damals aber nicht wusste, dass der Schweizer Komiker Emil, über den sie seit Kindertagen so viel gelacht hatte, die Regie zu diesem Programm geführt hatte. Fünf Jahre später schrieb sie genau diesem Emil einen berührenden Brief, in dem sie ihm ihren grossen Wunsch, Clown zu werden, anvertraute. Dieser Brief war der Beginn eines zehnjährigen Briefwechsels und endete schliesslich damit, dass sich die beiden im Jahre 1999 in der New Yorker City Hall das Ja-Wort gaben.

«Lieber Josef, liebe Hanna, ob Sonne oder Regen, ob blau oder grau, nun seid ihr endlich Mann und Frau.»[10]

Alfonso

Kennen Sie den Herrn da am Fenster? Das ist Alfonso. Ich wohnte lange Zeit vis-à-vis von ihm in der Altstadt. Er war der erfolgreichste Bettenverkäufer in der ganzen Region. Seine Beratungen wurden geschätzt bei Jung und Alt.

Wenn Alfonso mal über das Thema Betten ins Schwärmen geraten war, öffneten sich die Menschen ihm gegenüber ganz ungehemmt und sprachen mit ihm im Plauderton über alle ihre Gewohnheiten und Fantasien rund ums Bett.

Alfonso hatte ein sehr gutes Gedächtnis. Begegnete er beim Flanieren durch die Stadt seinen Kunden wieder, war ihm sofort präsent, welche Wünsche sie ihm gegenüber geäussert hatten. Manchmal musste er ein Lachen unterdrücken, wenn er die Partnerin eines Mannes zum ersten Mal sah, der beim Kauf des Bettes ganz sonderbare Fragen gestellt hatte.

«Das ist also die, von der er so geschwärmt hatte und die Angst hatte, dass es im Wasserbett eine Welle gebe, die ganz unrhythmisch zurückschlage, wenn sie gerade ...»

Junge Pärchen legten sich in Alfonsos Gegenwart ganz ungehemmt zusammen auf die Matratze. In solchen Momenten zog er sich immer diskret zurück.

Doch einmal war er plötzlich wie vom Erdboden verschwunden. Die Suche nach ihm verlief erfolglos. Er hatte sich erschöpft für ein Stündchen in ein altes Matratzenlager zurückgezogen, kehrte aber während zweier Monate nicht mehr von dort zurück.

Was war geschehen? Im Kaukasus hatte es ein Erdbeben gegeben, und es wurden dringend Matratzen benötigt. Alfonsos Arbeitgeber spendete grosszügig. Der Lastwagen fuhr vor dem alten Lager vor. Schwupps, waren alle Matratzen aufgeladen und mit ihnen Alfonso, der wie ein Scheibchen Salami im Sandwich zwischen zwei Matratzen lag. Aber er konnte sich im Erdbebengebiet sehr nützlich machen und kehrte deshalb erst zwei Monate später wieder an seinen Arbeitsplatz zurück.

Mittlerweile ist Alfonso frühpensioniert und beobachtet von seinem Fenster aus das Geschehen in der Altstadt. Wenn er ehemalige Kunden vorbeigehen sieht, grüsst er freundlich und schmunzelt genüsslich vor sich hin.

«Wenn ich im Bett inne ligge wie en Nussgipfel,
de träum ich luuter chrummi Gschichte.»[11]

Halbhochdeutsch

Mein etwas unperfektes oder mit Schweizer Akzent eingefärbtes Hochdeutsch nannte ich immer Schweizer Hochdeutsch. Manchmal wurde in Deutschland behauptet, meine Nummern lebten stark von diesem Dialekteinschlag, der mithelfe, Lacher zu erzeugen. In der Westschweiz erlebte ich übrigens das gleiche Phänomen. Mein Français fédéral wurde für so lustig gehalten, dass manche sich fragten, ob denn das auf Schweizer Dialekt auch so komisch sein könne.
Ich kann nur sagen, dass ich in allen drei Sprachgebieten genau die gleichen Nummern mit genau den gleichen Inhalten und Sätzen gespielt habe. Und schliesslich habe ich ja immer alles zuerst in der Dialektfassung gespielt, und dort funktionierten die Pointen ja auch, ohne dass man hätte behaupten können, meine Komik profitiere von lustigen fremdsprachigen Einfärbungen.
Oft hörte ich in Deutschland auch Sätze in der Art: «Ja, dieses Schweizer Hochdeutsch ist halt Musik in unseren Ohren.» Vielleicht war das nicht nur Musik in den Ohren der Deutschen, sondern auch ein kleines bisschen Sehnsucht nach der Schweiz?

Eher unangenehm wurde es immer dann, wenn sich Schweizer bei mir beklagten, weil die Deutschen mein Schweizer Hochdeutsch für Dialekt hielten und sich deshalb einbildeten, sie verstünden die Schweizer Mundart sehr gut. Da gab es für manch einen Deutschen, der in die Schweiz auswanderte, böse Überraschungen, wenn er zum ersten Mal richtigen Schweizer Dialekt hörte und kaum ein Wort verstand. Eine Susanne schrieb mir im Januar 2011 Folgendes:

Sehr geehrter Herr Steinberger
Ich gratuliere Ihnen sehr herzlich zum Lifetime Award. Gerne nehme ich das zum Anlass, um Ihnen zu erzählen, dass ich mit Ihren Kassetten Schweizerdeutsch gelernt habe. Ich kam 1978 als junge österreichische Frau in die Schweiz. Tagsüber hörte ich Ihre Kassetten, und abends hat mir mein Schweizer Ehemann die Begriffe erklärt, die ich nicht verstanden hatte. Nur einmal da ging was schief. Ich wollte bei Möbel Pfister ein neues Bett kaufen und glaubte im Sketch Hardy *gelernt zu haben, dass «Hurde» der Begriff für Bett sei. Ich sehe heute noch das völlig entgeisterte Gesicht des Verkäufers vor mir, als ich ihm erklärte, dass ich auf der Suche nach einer Doppel-Hurde sei.*
Ich wünsche Ihnen und Ihrer Frau alles Gute und dass Ihnen Ihre Power möglichst lange erhalten bleibt.
Herzlich, Susanna H.

Und ich wünsche Ihnen, liebe Susanne, dass Sie mit Ihrem Mann auf einem angenehm weichen Wasserbett schlafen können und nicht auf einer Hurde aus Holz. Solche stellte man früher in den Kellern auf, da sie sich hervorragend zur Lagerung von Äpfeln und Kartoffeln eigneten.

«Wüsset Sie, er macht drum i üsem Schlofzimmer inne de Ölwächsel am Töffli.»[12]

In der «Distel»

In der damaligen DDR konnte man bis Leipzig Westfernsehen empfangen. Wie man mir erklärte, zeichneten die Leute dann mit Kassettengeräten den Ton der Fernsehprogramme auf und schickten die Kassetten weiter in die Landesteile, wo man kein Westfernsehen empfangen konnte, ins sogenannte Tal der Ahnungslosen.
Ich machte auch ein paar kleine Auftritte im Friedrichsstadtpalast in der Samstagabendshow *Ein Kessel Buntes* des DDR-Fernsehens. Dort brillierte ich vor allem mit meiner *Kinderwagen*-Nummer, mit der *Polizeihauptwache* und dem *Putzer.*

Das Ostberliner Kabarett-Theater «Distel» engagierte mich auch für ein fünftägiges Gastspiel. Gleich nachdem ich die Grenze zur DDR passiert hatte, wurde eine stattliche blonde Russin auf mich angesetzt, die mich gleich bei der Begrüssung als arroganten Kapitalisten abkanzelte. Sie hingegen wirkte auf mich wie eine lästige Beobachterin, die mich auf Schritt und Tritt verfolgte, um nicht zu sagen, wie ein Spitzel.

Meine Vorstellungen in der «Distel» waren von der Stimmung her ein bisschen verhalten. Ich spürte, dass die von mir verkörperten Figuren nicht hundertprozentig in das ostdeutsche Leben einzuordnen waren. Aber trotzdem waren die Leute sehr angetan von meinen Auftritten, und sofort wollte man mich für eine Tournee in der DDR gewinnen. Ich bemerkte aber, dass bei meinen Vorstellungen mehr oder weniger nur Parteifunktionäre Einlass fanden. Das war für mich ein Grund, auf so eine Tournee zu verzichten. Ich wollte nicht für diese Garde allein spielen. Es hätten alle Menschen Zugang zu meinen Vorstellungen finden müssen.

Am Ende des Gastspiels in der «Distel» wurde die Gage ausbezahlt. Das heisst, laut Gesetz durfte ich die Hälfte der Gage mit über die Grenze nehmen, die andere Hälfte musste ich in der DDR lassen beziehungsweise mir dort etwas für das Geld kaufen. Man sagte mir, dass es viele schöne Dinge gäbe, zum Beispiel gute Ferngläser, Urlaub am Schwarzen Meer, Klaviere, Porzellan aus Meissen und so weiter. Ich erklärte der Russin, dass ich nicht einfach Geld ausgeben könne, ohne dass ich etwas nötig hätte. Sie begriff nicht, dass ein Kapitalist so denken konnte. Immerhin gestand sie mir nun, dass sie positiv von mir überrascht gewesen sei, weil ich während dieser fünf Tage abends nicht nach Westberlin rübergegan-

gen sei, um das Nachtleben des Westens zu geniessen. Auch die Leute vom Fernsehen hätte das stark beeindruckt. Ich hätte damit gezeigt, dass man auch in Ostberlin leben könne.
Schliesslich erfuhr sie noch, wie ich die zweite Hälfte meiner Gage «ausgegeben» hatte. Ich hatte sie ganz einfach in mehrere Couverts gesteckt und unter den Fernsehtechnikern verteilt. Jetzt war sie ganz hin und weg von mir. Sie begleitete mich noch bis zum Schlagbaum und winkte mir im Regen stehend nach, bis ich ausser Sichtweite war. Durch die Fernsehleute erfuhr ich, dass sie ein halbes Jahr später an Krebs gestorben ist.

Zusammen mit Niccel tourte ich in den Jahren 2010 und 2011 mit meinem Programm *Drei Engel!* durch ungefähr zwanzig Städte der Neuen Bundesländer. Es war schön, zu sehen, wie es die Leute freute, dass sie endlich mal den leibhaftigen Emil sehen und erleben konnten. Den Emil, der sie bereits in der kommunistischen Zeit zum Lachen brachte und von dem sie eine schwarz gepresste Schallplatte besassen. Ja, es gab in der DDR eine Emil-Schallplatte, von der ich bis ins Jahr 2003 gar nichts wusste. Beim Signieren hielt mir einmal eine Frau diese Plattenhülle unter die Nase. Ich guckte sie verwundert an und fragte, was das sei. «Die konnte man bei uns in Ostdeutschland kaufen.» Ich musterte die Schallplattenhülle ein wenig und suchte nach dem Produzenten. Die Tondaten müssen über die Phonogram in Hamburg nach Ostdeutschland gewandert sein. Für das Design der Plattenhülle waren die Ostdeutschen selber verantwortlich – die Farbwahl machte mich nicht gerade glücklich. Aber ich gönnte es den Menschen «da drüben», wie man früher oft sagte, dass sie auf diese Art und Weise noch etwas mehr in den Genuss meiner Komik gekommen sind.

Bei meinen Tourneen in den Jahren 2010 und 2011 konnte ich beruhigt feststellen, dass die Gestaltung dieses Plattencovers ein grafischer Ausrutscher gewesen sein muss, denn die Renovierung und Wiederherstellung der Städte, die wir besucht haben, war sehr stilvoll und geschmackvoll, optisch und handwerklich perfekt gemacht.

«Du weisch ganz genau, dass du mir immer muesch säge, wo du bisch.»[13]

Emil in London

In den späten Siebzigerjahren hatte ich einen sehr umtriebigen Mitarbeiter, der unbedingt wollte, dass ich einmal Vorstellungen in London geben würde.
«Ich in London? Auf Schweizer Dialekt? Da versteht mich ja keiner», erklärte ich ihm, um die Sache zu beenden.
Er klärte mich darüber auf, dass immerhin um die zehntausend Schweizer in London arbeiteten und lebten. Also gab ich ihm freie Hand, so einen Auftritt in die Wege zu leiten, und schon bald war es so weit: Er hatte den Saal der Alliance Française in London für zwei Auftritte reserviert. So weit war alles geregelt. Werbematerial war schon unterwegs, aber er bat mich, doch in London auf der Schweizer Botschaft vorzusprechen, denn die von der Alliance Française kannten mich nicht und hatten indirekt darum gebeten. Ich arrangierte also einen Termin mit dem damaligen Botschafter und flog nach London. Wir trafen uns in seinem Büro. Schon bald fragte er mich, was ich denn so auf der Bühne machte und ob es wirklich nötig sei, in London aufzutreten, wo es doch bereits so viele andere Veranstaltungen gebe. Wenn man

nicht bekannt sei, halte er das für sehr riskant. Ich solle mir das noch einmal gut überlegen.
Auf seinem Schreibtisch lag die NZZ vom selben Tag. In dieser Zeitung war zu dieser Zeit während Monaten täglich ein Inserat von meinen Auftritten im Zürcher Bernhard-Theater platziert.
Er versuchte erneut, mir ins Gewissen zu reden. Ob ich denn wirklich ein Theater bräuchte? Ich könne doch meinen Auftritt auch bei ihnen in der Schalterhalle der Schweizer Botschaft machen. Da gäbe es immer wieder mal klassische Konzerte, die gut besucht seien.
Ich schmunzelte in meinen nicht vorhandenen Bart hinein und blieb dabei, dass ich eine Bühne bräuchte. Ich wolle ihn einfach darum bitten, bei der Alliance Française anzurufen und zu bestätigen, dass mein Leumund in Ordnung sei und ich ganz sicher die Miete für den Saal bezahlen könne.
Immer noch etwas widerwillig rief er bei der Alliance Française an und sprach – in der Annahme, ich würde diese Sprache nicht verstehen – auf Französisch mit ihnen. Er sagte, dass er davon ausginge, dass es nicht viele Besucher geben würde, dass ich aber nicht bereit wäre, in der Schalterhalle der Schweizer Botschaft aufzutreten. Dann murmelte er noch etwas von einer Garantie, und damit war dann das Gespräch beendet. Nachdem er den Hörer aufgelegt hatte, erklärte er mir, dass der Saal reserviert sei.

Ich hatte aber noch eine kleine organisatorische Bitte. Ob wir denn für den Vorverkauf der Tickets die Telefonnummer des Sekretariats der Schweizer Botschaft angeben könnten?
«Ja, ja, das können Sie schon machen», gab er noch etwas gereizt zur Antwort und war froh, mich damit endlich wieder los zu sein.

Zwei Wochen vor dem Auftrittstermin meldete ich mich wieder beim Botschafter, um zu fragen, wie der Vorverkauf funktioniere. Ich zuckte richtig zusammen, als ich seine laute Stimme hörte:
«Herr Steinberger, glauben Sie eigentlich, wir seien nur für Sie da? Den ganzen Tag klingelt hier das Telefon – alle wollen Karten! Das geht an die Grenze des Ertragbaren!»
In mich hineinlachend sagte ich, dass es ja gut sei so, und beendete das Gespräch schnell wieder. Ich wusste ja, was ich wissen wollte: zwei ausverkaufte Vorstellungen in London mit mehr als tausend Zuschauern. Der *Blick* titelte dementsprechend:

LUZERN:
Bombenerfolg
für Emil in
England!

Blick

LUZERN: Bombenerfolg für Emil in England!

Nach der Vorstellung kam der Botschafter zu mir und wollte mich noch zum Essen einladen. Leider war ich an diesem und auch am nächsten Abend verhindert …

«Fortytwo, yes yes yes, fortytwo, yes, we are coming.»[14]

Echt emilesk 3

Ein Fan schilderte mir folgende Emil-Szene aus seinem Alltag. Er stand morgens mit dem Auto in Zürich beim Bellevue im Stau. Die Autos standen in Zweierkolonnen, und es ging nur im Schritttempo weiter. Auf DRS 1 lief *Der Telegrafenbeamte:*
Also vier senkrecht. Grautier. Hat vier Buchstaben und fängt mit einem E an. Dann fehlt einer. Und dann gehts mit «el» weiter. Ein Grautier mit «E...el»? Eg...Egel.

Unwillkürlich packte den im Stau stehenden Autofahrer das Lachen.
Und sechs waagrecht gäbe ja dann «Ogtern». Was ist jetzt das wieder? Ogtern? Kirchlicher Feiertag. Hab ich auch noch nie gehört, das.

Der lachende Fahrer sah sich um und entdeckte, dass auch die anderen im Stau stehenden Leute lachten. Man lachte sich sogar gegenseitig zu, nickte dabei und schnitt Grimassen, um sich mitzuteilen: «Ja, ich höre auch gerade Emil!» Und so lösten sich die müden und grimmigen Zwanzig-nach-acht-Gesichter in Luft auf, keinen störte es mehr, im Stau zu stehen.

Intime Fragen

Ich möchte in diesem Buch nicht alles auflisten, was Journalisten oder Volontäre und Praktikanten im Auftrag von Redaktionen an mich herantragen, jeweils mit der fröhlichen Vorankündigung: «Wir möchten Ihnen einmal ein paar ganz intime Fragen stellen.» Das ist genau die Art von Fragen, die ich ungern beantworte, weshalb ich meistens absage.
Bei dem, was sie unter «intim» verstehen, geht es nicht unbedingt um Fragen des Sexuallebens. Viel eher versuchen sie, mit ihren intimen Fragen den sogenannt wahren Charakter eines Emil Steinberger ans Tageslicht zu fördern, um ihn der Öffentlichkeit zu präsentieren.
Da sollte ich schon auf Fragen antworten wie: «Was würden Sie mit einem Lottogewinn von einer Millionen Franken machen?» Oder: «Wann haben Sie einmal richtig versagt im Leben?» Auch die Frage, ob ich im Alltag lüge, wird oft gestellt. «Sind Sie religiös?», ist eine Fragestellung, die immer wieder auftaucht. «Was lieben die Menschen an Ihnen nicht?», wurde ich auch schon gefragt oder: «Was erwarten Sie noch vom Leben?» Auch mein Verhält-

nis zu Frauen ist von Interesse und natürlich meine grössten Fehler. Und ganz besonders liebe ich die Frage: «Was sind Ihre dunklen Seiten?»

Müsste ich all das beantworten, ich käme mir vor wie ein armer Sünder, der regelmässig in der Kirche ins Beichthäuschen schleicht, um seine Seele zu reinigen, auch wenn er gar nichts verbrochen hat. Der Vorteil des Beichthäuschens wäre aber, dass nur der Priester von meinen «dunklen Seiten» erführe. Und noch dazu unterläge er der Schweigepflicht. Würde ich den Presseleuten Red und Antwort stehen, wüssten es am nächsten Tag Tausende von Lesern, denen ich überall auf der Strasse begegne. Ich werde also, sollte mich mal das Bedürfnis überkommen, meine intimsten Seiten nach aussen zu kehren, den Besuch beim Priester präferieren.

«Ihr wüssed jo meh über mich als ich selber.»[15]

Alles lustig oder was?

Es gibt immer wieder Menschen, die sich das Leben eines Komikers als permanent lustig vorstellen. Sie stellen sich so einen Komiker im Privatleben wie einen vor, der ständig einen Gag nach dem anderen reissen muss. Dabei weiss man doch von den vielen Spassmachern, die sehr melancholisch, wenn nicht sogar depressiv waren.

Ich habe Glück gehabt, dass ich nie in so eine Depression abgerutscht bin. Und dennoch, auch mein Leben ist nicht immer heiter gewesen und oft auch wegen der vielen Arbeit sehr hart. Immer war es mein Ziel, mit meiner Arbeit die Menschen zu unterhalten und vielleicht auch ein bisschen glücklich zu machen. Das begann schon in der Schule und ist heute immer noch so, wenn ich auf der Bühne stehe und meine *Drei Engel!* spiele. Die Menschen zu unterhalten und ihnen das Lachen herauszukitzeln, war immer mein grösster Motor. Und die Ordner voll von dankbaren Briefen zeigen, dass es mir auch gelungen sein muss, sie herzerfrischend zu unterhalten. Es gibt Briefe darunter, die einen regelrecht dazu verpflichten, so lange weiterzumachen, bis es nicht mehr geht. Ein Pfarrer sagte in Kriens bei Luzern sogar einmal von der Kanzel herab:

«Ein Mensch, der so ein Talent wie Emil besitzt, die Menschen zu erfreuen, der so eine Gabe Gottes erhalten hat, ist dazu verpflichtet, sein Talent auch auszuüben.»

Ja, das klingt alles sehr schön und beglückt mich, aber der Glücksstern hat auch nicht immer über mich gewacht.

Meine Eltern waren zum Beispiel über meine nebenberuflichen Aktivitäten als Kabarettist nicht gerade erfreut. Auch die Tatsache, dass meine erste Freundin keine Katholikin war, liess den Haussegen schief hängen. Ich war damals immerhin schon 26 Jahre alt. Als ich dann im Alter von 27 Jahren noch meinen sicheren Job bei der Post kündigte, um eine unsichere Grafiker- und Künstlerlaufbahn zu starten, war das für meine Eltern extrem belastend. Ich wohnte damals auch noch bei ihnen. Diese Zeit war sicher für uns alle nicht so einfach. Oft weinte ich auf dem Weg zur Vorstellung im Hotel des Balances in Luzern, weil mein so korrektes, braves, geordnetes, sehr aktives und vielleicht etwas ungewöhnliches Leben von meinen Eltern einfach nicht geschätzt wurde. Heute, in der Rückschau, kann ich viel besser verstehen, wie hart es auch für sie gewesen sein muss, dass ihr Sohn in dieser schwierigen Nachkriegszeit so einen guten Job aufgibt.

Während meiner fünfjährigen Ausbildung zum Grafiker war es an der Zeit, dass ich mir ein eigenes Atelier suchte. Ich arbeitete neben der Schule bereits an kleinen Aufträgen, um mir etwas dazuzuverdienen. Im ersten Stock eines Hauses vis-à-vis der Bahngleise fand ich ein Zimmer, allerdings ohne fliessendes Wasser. Das bedeutete, dass ich Wasser immer in Eimern aus dem Keller holen musste. Und wenn ich mal aufs WC musste, war in acht Minuten Entfernung der Bahnhof.

Meine Eltern empfanden dieses Atelier als unnötig. Die Stimmung zu Hause wurde also nicht gerade besser dadurch, dass ich den Mietvertrag unterzeichnet hatte.

Aber abends dann, wenn ich auf unserer zusammengenagelten Bühne im Hotel des Balances im Scheinwerferlicht stehen konnte und die Vorstellung unseres Ensembles Cabaradiesli begann, dann strahlten meine Augen wieder und mein Herz lachte.

1965, als ich mit meiner Ausbildung zum Grafiker fertig war, lernte ich bei einer Vernissage in der Bank Brunner meine Frau Maya kennen. Ich hatte beobachtet, dass sie sich nie in ein Gespräch einbringen konnte, da ihr niemand eine Frage stellte. Also setzte ich mich zu ihr an den Tisch und machte ein kleines, nein, eher grosses Interview mit ihr. Und das zeigte Wirkung, wir heirateten noch im gleichen Jahr. Dieser Ernst Brunner übrigens, den Sie ja schon von der Parisreise von Maya und mir kennen, erzählte immer den gleichen Witz: dass ein Glas Whisky so viele Kalorien habe wie ein Kilo Brot und dass er somit am heutigen Abend eine ganze Bäckerei verschlungen habe. Aber das nur nebenbei.

Maya und ich heirateten 1965, und das, obwohl meine Mutter Bedenken gehabt hatte, denn Maya war fast zwanzig Zentimeter grösser als ich. Ausserdem war auch sie wieder evangelisch. Mayas Elternhaus war sehr kunst- und kulturinteressiert, was mich damals äusserst beeindruckte.

Zwei Jahre später gründeten Maya und ich das Kleintheater in Luzern, das es heute noch gibt. Sein Aufbau kostete uns sehr viel Zeit. Unbezahlte Arbeitszeit natürlich – aber das war es uns wert. Wir hatten damals finanziell sehr schwierige Zeiten. Als Grafiker hatte ich zwar gute Kunden und gute Mitarbeiter, aber Aufwand und Ertrag stimmten einfach nicht überein. Meine Mutter stellte Maya und mir in dieser Zeit oft ein paar Lebensmittel vor die Tür.

Einmal versprach ich meiner Maya: «Morgen gehen wir für drei Tage in die Ferien.» Ich hatte abends noch einen Auftritt in einem Verein und hatte eine Gage von 600 Franken ausgehandelt. Damit könnten wir unsere Kurzferien finanzieren. Nach der

Vorstellung bat mich der Kassier um einen Einzahlungsschein, er werde die Gage in den nächsten Tagen auf mein Konto überweisen. Ciao, Urlaub!
Unser Sohn Philipp kam 1969 auf die Welt, genau in dem Jahr, als ich meinen Neustart als Solokünstler Emil lancierte. Wir ernannten Franz Hohler zu Philipps Götti (Patenonkel).

Meine Karriere als Kabarettist kam damals so richtig ins Rollen, gleichzeitig übernahm ich aber auch noch die Leitung des Luzerner Kinos Moderne. Ich wollte als junger Ehemann und Familienvater auf finanziell sicheren Beinen stehen. Bald kamen neben den Schweizer Engagements auch noch die Anfragen aus Deutschland dazu. Tourneen in der Schweiz und in Deutschland, Kleintheater, Kino und nebenbei auch noch eine junge Familie, das war alles schon ein bisschen viel auf einmal, und ich musste die liebe Maya oft allein lassen. Für sie bedeutete das dann meist, dass sie sich um den kleinen Philipp und gleichzeitig um das Kleintheater und seine Künstler kümmern musste. Es waren verrückte Zeiten, die da über uns hereinbrachen. Meine vielen tourneebedingten Abwesenheiten waren für unsere Ehe sicher auch belastender, als wir beide es damals wahrhaben wollten.
Sie können sich vorstellen, dass man als allein reisender, erfolgreicher und beliebter Künstler auf solchen

Tourneen auch viele Menschen kennenlernt. Es war hingegen nicht so wie bei den Pop- und Rockstars, wo nach derVorstellung beim Künstlerausgang immer Fans und oft halt vor allem Frauen auf einen warten. Im Gegenteil, meist verliess ich die Bühne durch den Hinterausgang und suchte hungrig in der dunklen, mir unbekannten Gegend noch nach einem Restaurant, dessen Küche noch nicht geschlossen hatte. Ganz nebenbei bemerkt empfand ich mich selbst auch nicht als besonders attraktiv. Nicht umsonst spielte ich auf der Bühne eher schüchterne Typen als Helden.

Trotzdem liess ich mich eines Tages nach der Vorstellung auf interessante Gespräche mit einer Frau ein. Daraus entstand dann eine engere Beziehung. Auch meine Frau Maya lernte diese Frau später kennen. Doch dass die Folge aus dieser etwas engeren Beziehung war, dass ich ein zweites Mal Vater wurde, das wagte ich Maya nicht zu beichten. Der kleine Martin wusste auch lange Zeit nicht, dass ich sein Vater war. Er wuchs mit einem Bruder und einem «Vater» in seiner Familie auf. Es brauchte viele Jahre, bis sich für uns alle die Situation etwas «normalisierte» und nicht mehr so belastend war und vor allem, bis ich dazu in der Lage war, dazu zu stehen, dass auch Martin mein Sohn ist.
Mittlerweile ist Martin knapp über dreissig und lebt in Deutschland, wo er versucht, in künstlerischen

Berufen Fuss zu fassen. Der elf Jahre ältere Philipp ist nun schon über vierzig und lebt mit seiner Frau und dem Söhnchen Sebastian im Raum Zürich, wo er im Finanzwesen tätig ist.
Ja, da sehen Sie einmal, dass auch der Emil Steinberger nicht immer ein sorgenfreies Leben hatte. Darunter natürlich auch viele Probleme, die ich mir selber eingebrockt hatte und wo ich die Schuld nicht auf andere abschieben kann. Einige davon waren ganz geheime Sorgen, die ich mit mir ganz allein herumtrug. Es war auch nie meine Art, solche Gefühle und Stimmungen in der Öffentlichkeit auszubaden.

1987 gab es mit der Scheidung von Maya nochmals einen dunklen Punkt in meinem Leben. Ich wollte es fast nicht wahrhaben, dass mir so etwas zustossen konnte. Nach diesem Tiefschlag lebte ich einige Jahre allein, und in diese Zeit fiel dann auch mein Aufbruch nach New York. Ein Tapetenwechsel, der mir gutgetan hat, auch wenn es in New York auch nicht immer einfach war für diesen allein stehenden sechzigjährigen Mann, der viel zu wenig Englisch sprach. Aber ich habe mich gut durchgeschlagen und diese Zeit als Mister Nobody sehr genossen.

«Du muesch ja ned 's Seili um e Hals umewickle!»[16]

Hollywoods bester Pöstler: Emil!

Können Sie sich an diesen *Blick*-Aushang erinnern? Marlon Brando spielte im Film *The Formula* einen Gangsterboss in der Schweiz, und mit dabei war auch die grosse Schauspielerin Marthe Keller aus Basel. Ich hätte in diesem Film einen Schweizer Banker spielen sollen. Beim Casting in St. Moritz erklärte ich dem Produzenten, dass mir eine solche Rolle gar nicht liege und mein Englisch auch nicht gerade erstklassig sei. Aber ich sei doch berühmt in der Schweiz, war die Antwort, und sie würden gern ein paar Rollen mit Schweizern besetzen. Wir einigten uns schlussendlich darauf, dass ich einen Postbeamten spielen würde, der am Schalter stehend einen Brief von Marthe Keller entgegennimmt. Das konnte ich mir schon viel eher vorstellen.

Auf der Hauptpost von St. Moritz machten wir ein paar Versuche. Doch plötzlich hiess es: «Warten!» Man schickte mich zurück ins Hotel Palace. Dort habe ich dann ganze zwei Tage in einem Luxuszimmer auf meinen Dreh gewartet. Dann kam der Entscheid: Die Postszene werde in einem Studio in München gedreht.

Im Münchner Studio hatten sie tatsächlich eins zu eins ein Postbüro aufgebaut. Sogar das Bergpanorama von St. Moritz war für die Kulissen absolut naturgetreu gemalt worden. Ich staunte über diese Präzision. Aber protestieren musste ich, als man mich in Lederhosen stecken wollte. Nein, Lederhosen hätten absolut nichts mit der Schweiz zu tun, erklärte ich mit forschem Ton. Und schon gar nichts mit einem Schweizer Postbeamten.

Laut Regieanweisung musste die Briefmarke auf Marthe Kellers Brief in der falschen Ecke aufgeklebt werden. Ich wehrte mich dagegen und erklärte, dass die Briefmarke in der rechten oberen Ecke platziert werden müsse. Dazu kam dann noch ein Aufkleber mit der Aufschrift «Eilpost». Auch das schmerzte mich, weil wir in der Schweiz «Express»-Aufkleber haben. Meine Versuche, zu erklären, was alles falsch sei, liefen ins Leere. Als ehemaliger Schweizer Postbeamter habe ich mich natürlich geschämt, die Szene nach diesen Regieanweisungen zu drehen.

Der Film *The Formula* wurde zwei Jahre später in den Kinos gezeigt und lief nur etwa drei Tage, dann wurde er abgesetzt. So oder so, ich war stolz, dass ich Marthe Keller einmal am Postschalter bedienen durfte. Noch bis heute frage ich mich, ob dieser Film in der Schweiz gefloppt ist, weil die Briefmarke halt doch am falschen Ort klebte.

«D'Poscht isch schliesslich en gemeinnützigi Organisation. Jede zahlt für de ander.»[17]

Zurück zur Post

Anfang 2003 traf ich in Bern den Verantwortlichen der Schweizer Post für die Gestaltung neuer Briefmarken zu einem Kaffee. Er hatte mich um ein Gespräch gebeten, aber ich wusste nicht, was er genau von mir wollte.

«Wir möchten gern, dass Sie eine Briefmarke für uns entwerfen», erklärte er mir und war gespannt auf meine Reaktion.

Für mich als ehemaligen Postbeamten und noch dazu ehemaligen Grafiker war das eine tolle Überraschung. Ich strahlte.

«Und was gibt es für Vorgaben?», erkundigte ich mich vorsichtig.

«Das Thema ist ‹Humor›.»

«Humor?», wiederholte ich fragend und versuchte, zu verhindern, dass ihm mein leeres Schlucken auffiel.

Auf der Heimfahrt nach Montreux wiederholte sich das Wort «Humor» pausenlos in meinem Kopf. Humor, das ist ja so etwas Abstraktes! Wie soll ich das denn auf einer Fläche von 28 mal 37 Millimetern darstellen?

Kaum sass ich zu Hause am Zeichentisch, verlor ich vor lauter Zweifeln meinen sonst so berühmten Sinn für Humor. Ich skizzierte ein paar Entwürfe, aber nichts wollte mir gefallen. Einen Witz oder Cartoon konnte ich ja auch nicht auf so eine kleine Fläche bannen. Clowngesichter auf Briefmarken erschienen mir als zu banal und schon zu oft gesehen. Nur einen lachenden Mund zu zeigen, war mir zu einfach. Nach drei Wochen und Dutzenden kleiner Entwürfe, die mich alle nicht befriedigten, war ich drauf und dran, zum Telefonhörer zu greifen und in Bern anzurufen, um denen mitzuteilen, dass ich nicht in der Lage dazu sei, eine Briefmarke zum Thema Humor zu gestalten.

Doch dann entdeckte ich in einem Buch ein Bild von einer schäbigen alten Hausklingel. Dieses Bild ging mir nicht mehr aus dem Kopf und ich begann, Entwürfe rund um diese Klingel zu skizzieren, obwohl mir noch völlig unklar war, wie ich das mit dem Thema Humor in Einklang bringen könnte.
Auch meine Frau Niccel liess sich langsam vom Klingel-Gedanken anstecken und brachte mir eines Tages von einem Spaziergang mit ihrer Mutter eine ganze Serie fotografierter Haustürklingeln mit nach Hause. Plötzlich entdeckte ich in einer dieser Klingeln ein Gesicht und der Klingelknopf selbst entpuppte sich als Clownnase, die nur noch rot einge-

färbt werden musste. Mit seinen Schrauben-Äuglein blickte mich plötzlich ein Clowngesicht an.
Moment mal, sagte ich mir, das könnte doch die Türklingel am Haus von Mutter Helvetia sein, der Mutter unserer Nation, die schon so oft ihre rettende Hand über uns gehalten hat. Also schrieb ich «Helvetia» ins Namensschild, das ich aber gleichzeitig etwas nach oben bog zu einem lächelnden Mund. Im roten Nasen-Klingelknopf konnte ich noch gut ein weisses Schweizerkreuz unterbringen.
Vorausdenkend hatte Niccel mir auch schon ein paar Mauern fotografiert. Auf einer dieser Gartenmauern, die noch einen Riss hatte, aus dem sich ein kleines Pflänzchen den Weg an die Oberfläche bahnte, konnte ich nun die Klingel von Mutter Helvetia montieren. Der Riss symbolisierte nun den Röstigraben und das Pflänzchen mit seiner unbändigen Kraft die Hoffnung für die Zukunft der Schweiz.
Ja, vielleicht etwas kitschige Gedanken, Sie dürfen ruhig schmunzeln, denn das ist ja bekanntlich die feinste und leiseste Art von Humor. Und wenn ich Ihnen nun mit meiner Briefmarke *Ding Dong Helvetia* so ein Schmunzeln ins Gesicht zaubern konnte, dann hat sich ja der Aufwand gelohnt, diese Humor-Briefmarke zu gestalten.

«Oh ja, mir hend schöni Viererblöck.
Machts nüd, wenn alli vier Marke gliich sind?»[18]

Das neue Fernsehen

Erinnern Sie sich noch an die freundlichen Fernsehansagerinnen, die früher immer die kommenden Sendungen angesagt haben? Mitte der Neunzigerjahre wurden sie einfach von den Bildschirmen verbannt. Sparen war angesagt, beziehungsweise die gewonnene Zeit konnte man gut in zusätzliche Werbezeit ummünzen und damit weitere Einnahmen generieren.
Gut, damit könnte man ja noch leben. Aber was mich viel mehr nervt, ist, dass es immer öfter am Ende einer Sendung oder eines Films keinen Abspann mehr gibt, wo man nachlesen könnte, was man gerade gesehen und wer da alles mitgespielt hat. Stattdessen befindet man sich, kaum hat die eine Sendung geendet, schon mitten in der nächsten oder eben im Werbeblock.

Kürzlich zeigten sie das neuste Programm des Kabarettisten Massimo Rocchi im Fernsehen. Kaum hatte er seine letzte Schlusspointe lanciert, sahen wir auch schon zwei Appenzeller Bauern auf einem Bänkchen sitzen und in ihrer Mitte Uwe Ochsenknecht, der etwas von einem Geheimnis und von Käse murmelte. Ich musste diesen Spot sicher zehnmal gucken, bevor ich überhaupt einmal verstanden habe, was er sagt, bevor er seinen Geldkoffer öffnet. Aber das nur nebenbei. So etwas ärgert mich einfach, da strahlt man 60 Minuten das Programm von Massimo Rocchi aus, und dann gönnt man ihm nicht einmal am Schluss noch die paar Sekunden, um nochmals den Titel seines Programms, Autor, Darsteller usw. anzugeben.

Die Menschen zappen doch heute ständig, wenn sie vor dem Fernseher sitzen. Das heisst aber auch, dass sie oft gar nicht wissen, wie der Titel eines Films lautet, in den sie gerade hineingezappt haben. Oder von wann er ist. Wer waren die Schauspieler? Vom Regisseur ganz zu schweigen. Warum gönnt man diesen Menschen nicht, dass sie am Schluss des Films all das nochmals nachlesen können? Oder müssen wir jetzt alle unseren Computer im Wohnzimmer installieren und immer alles selber googeln?
Überhaupt stört es mich oft, wie die Gestalter der Fernsehprogramme mit unseren Gefühlen umspringen. Da gebe ich mich während 90 Minuten voll und ganz einem rührseligen Film hin, der voll unter die Haut geht und mir zum Schluss noch ein emotional starkes Happy End liefert. Und dann? Kein Film-Ende. Kein Abspann. Schon eine Hun-

dertstelsekunde später heisst es *Mord auf Raten* oder *Schüsse in der Schonzeit* oder auch *Tod des Tänzers,* und wie sie alle heissen, die TV-Krimis.
Wir können es uns nicht mehr erlauben, ein Gefühl, von dem wir gerade übermannt wurden, einfach ausklingen zu lassen. Zeit ist Geld, time is money. Keine Zeit für Gefühlsduseleien, Töten ist angesagt. Man lässt uns nicht einmal so viel Zeit, auf den Abschaltknopf drücken zu können, bevor wir mit all diesen Schockerthemen konfrontiert werden.

Ich hätte da schon lange eine Idee für das etwas andere Fernsehen. Oder wenigstens für einen einzigen Fernsehabend in der Woche, der anders wäre, nämlich der Samstagabend. Wie schön wäre es, wenn man uns diesen Abend ohne die meist schlechten Nachrichten aus aller Welt gönnen würde. Ein Fernsehabend, einfach zum Geniessen. Wer dennoch Nachrichten will, kann sich ja zwischendurch auf all den anderen News- und Infokanälen oder im Internet mit den Horrornachrichten aus aller Welt versorgen. Dort kann man ja alles zeitverschoben und jederzeit abrufen.
Aber der Samstag, von 19 bis 23 Uhr, sollte uneingeschränkt der Unterhaltung gehören. Auch ohne Werbespots und sogar ohne den Wetterbericht. Schenkt uns doch einmal pro Woche diese vier Stunden ununterbrochene Heiterkeit!

Sorry, liebe Fernsehschaffende, für meine Frechheit, diesen Wunschtraum hier zu formulieren. Ich weiss ja im Grunde genommen selbst, dass es schwer ist, so etwas durchzuboxen, auch für euch. Aber träumen darf man ja.

«Ich möcht au em Schwiizer Färnseh danke,
dass mir überhaupt Glägeheit übercho hend, a dere
Sändig mit z'mache.»[19]

Circus, Circus!

Was ich zusammen mit den KNIEs auf der Tournee 1977 während neun Monaten erleben durfte, würde allein schon ein ganzes Buch füllen. Aber ein paar Zeilen möchte ich in diesem *Perlen*-Buch trotzdem über den Circus verlieren.

Mit 1,3 Millionen Zuschauern, einem Besucherrekord, der bis heute nicht wieder erreicht wurde, hat sich die Familie KNIE ein goldenes Ei gelegt. Wobei zu sagen ist, dass eine Hälfte der damaligen KNIE-Familien gegen ein Engagement des Komikers Emil war. Sie konnten sich einfach nicht vorstellen, dass das funktionieren könne, wenn ein Kabarettist in einer Manege mit Sägemehl agiert. Vater Fredy KNIE aber insistierte. Er hatte seine Absicht schon im Radio preisgegeben, bevor wir überhaupt in Verhandlungen miteinander getreten waren.

Ich lauschte diesem Radiointerview beim Mittagessen. Vater Fredy wurde mit der Frage konfrontiert, welchen Komiker er denn gern einmal in seinem Circus engagieren würde, Jerry Lewis oder Danny Kaye oder vielleicht Charlie Rivel? Wie aus der Kanone geschossen kam seine Antwort:

«Ich will nur einen: Emil.»
Mir blieb fast der Bissen im Halse stecken.

Die neunmonatige Circustournee war ein wichtiger Meilenstein in meinem Leben. Ich lernte die viersprachige Schweiz, ihre Städte und Schönheiten und die Bevölkerung aller Landesteile mit ihren verschiedenen Mentalitäten kennen.
Das Leben in meinem Wohnwagen schätzte ich sehr, und selbstverständlich zog ich ihn mit meinem eigenen Auto von Ort zu Ort. Es war klein, aber gemütlich, dieses fahrende Wohn- und Schlafzimmer. Ich hatte einen Ecktisch, eine winzig kleine Küche, ein Bett natürlich, so breit wie der Wohnwagen selbst, und eine eigene Toilette.
Immer wenn wir einen neuen Ort erreichten, wurden uns sofort ein Strom- und ein Wasseranschluss montiert. Das war für diese Zeit ziemlich luxuriös. Beim stolzen Circus Krone in München mussten die Künstler 1978 noch mit Kübeln über die Schnellstrasse springen, um Wasser zu holen!

Mein kleiner Wohnwagen war mein Refugium. Hierhin konnte ich mich zurückziehen. Zurückziehen?
Nun ja, ich gebe zu, das war ein frommer Wunsch. In der Realität sah es meist ganz anders aus. Hatten die Leute nämlich einmal erfahren, in welchem Wohn-

wagen Emil zu Hause war, dann war es aus mit der Ruhe. Einmal habe ich, im Wohnwagen sitzend, mitgeschrieben, was die Leute vor meinem Wagen so plauderten. Diese Wagen waren ja nicht so wahnsinnig gut isoliert, also konnte ich gar nicht anders, als zu lauschen.

Wollen Sie einmal eine kleine Kostprobe lesen?

Vor Emils Wohnwagen 1

(Drei Schüler stehen vor Emils Wohnwagen)

Schüler 1: Wo hed ächt de Emil sin Wohnwage?
Schüler 2: D'Muetter hed gseid, er schloofi im Hotel.
Schüler 3: Nei, dä fahrt jede Tag hei uf Luzärn.
Schüler 1: Bisch bsoffe? Dä fahrt wahrschiinlich hei!
Schüler 3: Jo, mit em BMW chasch ämel schön fräse.
Schüler 2: Ich wett au emol vom Emil es Telegramm.

(Die anderen Schüler lachen)

Schüler 1: En Agschtellte hed gseid, em Emil sin Wage sig hinder em Elefantezält, bim Zoo-Igang. Deete chasch äbe nid ine.
Schüler 2: Das glaub ich nid. Min Vater hed ihn geschter gseh, wo er inegfahre isch.
Schüler 3: Chumm, mir froged dete de Liliputaner.

(Kurze Zeit später)

Schüler 2: Schlooft er ächt no? Chlopf emol!
Schüler 1: Chlopf doch du!
Schüler 3: Das isch siis Auto, dä BMW. *(Ruft:)* Herr Emil!
Schüler 2: Chum mir lönd ihm d'Luft use!
Schüler 1: He spinnsch?!
Schüler 3: Hey, mir müend goh, susch chömed mir z'schpot i d'Schuel.
Schüler 1: I de Pause gsehnd mir ihn sicher.

(Schüler gehen ab)

Schüler 2: Hesch de Film *Emil uf de Poscht* au gseh?

(Von Weitem hört man sie noch sprechen. Dann verstummt das Gespräch.)

Vor Emils Wohnwagen 2

(Mutter mit Kind vor Emils Wohnwagen)

Kind: Mami, do schlooft de Emil, hed eine vo de Schuel gseid.
Mutter: Bisch sicher? Also chlopf emol!
Kind: Was stoht do uf dem Zättel?
Mutter: *(lesend)* «Nicht stören, muss arbeiten.» Jo, jo, du darfsch ihm scho rasch chlopfe und Grüezi säge.

(Kind klopft an die Türe. Emil verhält sich im Wagen ganz ruhig und hofft, dass die beiden nicht durchs Fenster schauen werden.)

Mutter: Muesch halt e chli feschter chlopfe.

(Kind klopft fester)

In diesem Moment blieb ich einfach hart, man möge mir das verzeihen. Ich schrieb gerade Briefe und las Verträge für die noch zu spielenden Filme im Kino Moderne in Luzern.
Als das Kind erneut klopfte, wusste ich, dass ich auf gar keinen Fall öffnen würde, denn ich wollte ihm den Eindruck eines schlecht gelaunten Emils ersparen. So fluchte ich leise vor mich hin, meinen

ganz privaten Fluch, der damals lautete: «Taschi la France!» Ich weiss bis heute nicht, was das heisst und warum ich ausgerechnet Frankreich für meinen Privatfluch auswählte.

Aber es gibt noch ein drittes kleines Hörspiel vor meinem Circuswohnwagen, das ich Ihnen nicht vorenthalten möchte.

Vor Emils Wohnwagen 3

Während eines Mittagsschlafs hatte ich mal vergessen, die Zwischenschiebetüre zum Bettraum im Inneren des Wohnwagens zu schliessen. So konnte man von aussen durchs Fenster durch den ganzen Wohnwagen hindurch bis zu meinem Bett gucken. Und das taten die Neugierigen dann auch. Plötzlich erwachte ich, weil einer lautstark rief:

«Deet hinde liid er jo im Näscht!»

Die Leute stellten sich auch auf die Deichsel meines Wagen und rüttelten daran, wodurch sie mich am Schlafen hinderten.

Tagsüber wollte ich natürlich auch nicht immer die Vorhänge zuziehen. So lasen sie, wenn ich meine

Post erledigte, den anderen Kollegen die Adressen vor, die ich soeben geschrieben hatte.
Ich musste mich damals schon sehr wundern, wie wenig Anstand man haben kann, wenn man das Gefühl hat, einem sogenannten «Star» ganz nahe zu kommen.

Einmal posierte eine ganze Kindergartenklasse vor meinem Wohnwagen und begann laut zu singen. Da konnte ich mir natürlich nicht erlauben, drinnen zu bleiben. Ich setzte also ein Lächeln auf, begrüsste alle ganz herzlich und zeigte mich hocherfreut über den schönen Gesang. Die Kindergärtnerin strahlte wie ein Maikäfer.

Ein anderes Mal luden mich Schülerinnen zum Pizzaessen während ihres Kochunterrichts ein. Es gab Pilzpizza. Ich kann nicht einmal sagen, ob sie gut war oder nicht, denn für mich war es das erste Mal überhaupt, dass ich Pizza ass, also hatte ich keine Vergleichsmöglichkeiten.

Als wir mit dem Circus in Werdenberg SG eintrafen, hatte ich Glück, denn dort konnte man glücklicherweise meinen Wohnwagen nicht umzingeln. Die Hälfte des Wagens stand nämlich im See. Ich hatte bei der nächtlichen Ankunft vergessen, die Handbremse anzuziehen. So rollte der Wagen, während ich schlief, ganz langsam in Richtung See. Eine alte Baumwurzel hinderte ihn dann an der Weiterfahrt, sonst gäbe es dieses Buch vielleicht gar nicht …

Da sind mir dann doch Fans ohne das nötige Feingefühl lieber als ein mitsamt dem Emil langsam versaufender Wohnwagen.

«Ja, chomm mir no so saufräch, du!»[20]

Harakiri

Fasnacht vor 40, 50 oder 60 Jahren, das war schon noch anders. Was für ein Wandel hat im letzten halben Jahrhundert stattgefunden! 1948, als Fünfzehnjähriger, wurde ich nachts um vier Uhr von meinem grossen Bruder Ruedi geweckt. Von Weitem hörten wir schon die neu aus der Taufe gehobenen ersten Guggenmusiken, die zur Tagwache in Richtung Innenstadt marschierten. Jedes Musikstück wurde von diesen Blasmusikern ziemlich falsch gespielt, aber so, dass die eigentliche Melodie immer noch zu erkennen war. Das empfanden wir als lustig. Es war in der Luzerner Fasnacht ein ganz neues, nicht unumstrittenes Gebilde. Heutzutage treffen sich am letzten Fasnachtstag, dem Güdisdienstag, wie man in Luzern sagt, die meisten Guggenmusiken zum grossen Monsterkonzert auf dem Mühlenplatz. Sie sind mittlerweile ein fester Bestandteil der Fasnacht geworden. Aber ganz traditionelle Fasnächtler sind auch heute noch nicht glücklich über diesen «neumodischen» musikalischen Trend.
Als ich noch als Postbeamter arbeitete, verkleidete ich mich gern an der Fasnacht. Welche Sujets ich

wählte? Für mich war die Hauptsache, dass man mich nicht erkannte, denn ich war als Maskierter ein ziemlich frecher Kerl. Meine Opfer spürte ich in Beizen und an Bällen auf.

Wir Pöstler hatten zu der Zeit zwei Gewerkschaften, eine christliche und eine rote, wie wir das damals nannten. Allein schon dadurch gab es für mich ausreichend Material, um zu intrigieren. Darunter versteht man an der Luzerner Fasnacht, dass man als Maskierter andere mit Sachen konfrontiert, die man über sie weiss, oder sie aus der Reserve lockt, ohne dass sie wissen, wer ihr Gegenüber ist.
Ich liebte es, anderen Menschen unter dem Schutz meiner Maske Dinge sagen zu können, die sie ins Staunen brachten. Je verschlüsselter ich die Tatsachen präsentierte, desto nervöser wurden die Angesprochenen. Bis irgendwann die barsche Aufforderung kam: «Zieh sofort deine Maske ab! Wer bist du?» Das machte ich natürlich nicht. Einmal standen dann auf meinem Heimweg nach Mitternacht in einer dunklen Nebenstrasse plötzlich zwei uniformierte Pöstler vor mir. Sie kamen gerade vom Nachtdienst, und ich hatte sie tagsüber mit meinen provozierenden politischen Behauptungen genervt.
«Du ziehst jetzt sofort die Maske ab, sonst reissen wir sie dir runter!», forderten sie etwas energischer.

Mit Herzklopfen und verstellter Stimme erwiderte ich:
«Macht das nur! Aber ihr werdet euch blamieren, wenn ihr seht, wer unter der Maske steckt.»
Mürrisch zogen sie von dannen.

Natürlich ging ich nicht immer so aggressiv vor. Im Gegenteil, ich nahm es an der Fasnacht gern von der lustigen Seite. Eine Frau, die ich eigentlich nur vom Sehen kannte und von der ich wusste, dass sie mit einem eingegipsten Arm in einem Friseurladen arbeitete, brachte ich durch meine erfundenen Bemerkungen so in Verwirrung, dass sie unbedingt wissen wollte, wer der Maskenträger war. Diesen Gefallen tat ich ihr natürlich nicht, das heisst, ich versprach ihr, wenn ich ihr einmal auf der Strasse begegnete, dann würde ich laut den Geheimcode «Harakiri» sagen. Eines Tages im darauf folgenden Sommer kam sie mir auf der Strasse mit ihrer Familie entgegen. Nun musste ich mich entscheiden. Soll ich das Codewort fallen lassen oder nicht? Als sie auf gleicher Höhe mit mir waren, sagte ich laut: «Harakiri», worauf sie sich reflexartig nach mir umdrehte und rief: «Was, Sie sind das gewesen!»

Ich servierte an der Fasnacht auch gern maskiert in Restaurants, steckte den Leuten Fiebermesser unter die Arme, putzte ihre Schuhe und verkaufte für ein

Trinkgeld ohne Erlaubnis die Crèmeschnitten des Restaurants oder präsentierte total verdreht das Neueste aus der Luzerner Tagespresse. Auch als Barkeeper arbeitete ich ab und zu. Dabei schnappte ich immer öfter Sätze auf wie: «Du, der unter der Maske, das ist doch sicher der Emil!»

Das gefiel mir nicht. Je bekannter ich wurde, desto schwerer wurde es für mich, mich unter einer Maske zu verstecken. Meine Stimme, meine Formulierungen, vielleicht auch typische Handbewegungen schienen mich zu verraten.

So beschloss ich, zusammen mit meinem früheren Schulfreund Armin Beeler, einmal als «Emil» an die Fasnacht zu gehen, und zwar in der Rolle des *Putzers,* mit grüner Schürze und Besen. Die Reaktionen der Leute waren wunderbar: «Au, lueg, dä macht voll uf Emil!»

«Wie seid me dem Ding do? Äh, dem Ding do, dem Ding?»[21]

Beichte light

Vor einiger Zeit las ich in der NZZ, dass man in Einsiedeln beim Pater Gregor nicht in einem Beichtstuhl beichte, sondern in einem Zimmer, das man durch eine unauffällige Türe vom Innenraum der Kirche her erreicht. Mittels einer aufklappbaren Tischplatte wird der Sichtkontakt zwischen dem Pater und dem Sünder verhindert. Der Aufenthalt in einem Zimmer erleichtere es bestimmten Menschen, über ihre Sünden zu berichten.

Nach der Absolution durch den Pater verlässt der Büsser das Zimmer erleichtert und aufgestellt, denn durch den Schlusssatz des Paters – «So spreche ich dich los von all deinen Sünden. Im Namen des Vaters und des Sohnes und des Heiligen Geistes. Amen» – sind ja alle Sünden vergeben und wie weggeputzt!

Meistens wird einem noch auferlegt, nach der Beichte eine kleine Busse zu tun, die sich nach der Schwere der Sünden richtet. Vielleicht muss man drei Vaterunser beten, möglicherweise aber auch zehn. Das ist schon ein Unterschied, den man vor allem beim Beten spürt, wenn die Knie zu schmerzen beginnen.

«Als Busse keinen Knoblauch essen bis zur nächsten Beichte!»

Ganz nebenbei bemerkt, mein Sohn Philipp trug beim Kirchgang unter der Hose immer seine Knieschoner vom Fussball.

Was aber kaum einer der Beichtenden ahnt, ist, dass der eigentliche Leidtragende beim Beichten der Pater ist. Er bekommt nämlich im Laufe eines Tages oft so viele harte Geschichten zu hören, dass er durch Gespräche und Sport versuchen muss, wieder zur Balance im Leben zurückzufinden.

«Das darf ich jo nid emol am Pfarrer säge.»[22]

Nicht mit mir!

Es muss im Alter von 29 Jahren gewesen sein, als ich zum letzten Mal einen Beichtstuhl aufsuchte. Der Pfarrer wollte mir damals keine Absolution erteilen. Was hatte ich verbrochen? Nun, ich hatte dreimal meine protestantische Freundin zu einem evangelischen Gottesdienst begleitet. Unter der Bedingung, ihm zu versprechen, dass ich keinen evangelischen Gottesdienst mehr besuchen würde, erhielt ich die Absolution dann aber doch noch. Ich löste diese Situation für mich mit einer diplomatischen Antwort: «Ich werde es versuchen.»
Am Tag darauf war Sonntag, und ich besuchte, wie gewöhnlich, den katholischen Gottesdienst meiner Pfarrei. Der Pfarrer, bei dem ich am Vortag gebeichtet hatte, verkündete von der Kanzel aus, dass im Sinne der Ökumene am kommenden Sonntag der evangelische Pfarrer aus der Lukaskirche in unserer Kirche predigen werde. Ich traute meinen Ohren nicht. Verärgert über diese Doppelmoral und die ungerechte Behandlung mir gegenüber, beschloss ich, in Zukunft in Sachen Kirche und Religion nur noch auf mein eigenes Gewissen zu hören und meine

Entscheide fürs Leben selber zu prüfen und als vertretbar oder unvertretbar einzustufen.

Ich will Sie hier nicht mit negativen Gedanken rund um die Kirche nerven. Momentan verliert unsere Kirche ja genug Gläubige, während andere Religionen ihre Lehren mit fanatischen Mitteln ihrem Volk aufdrängen.
Leider versteht es die Kirche bis heute nicht, die Menschen da abzuholen, wo sie sind, nämlich in der Gegenwart. So stiessen auch die kürzlich von katholischen Priestern formulierten Reformgedanken im Vatikan nicht auf Gegenliebe. Aber es gab ja jetzt einen Papstwechsel. Vielleicht finden solche Reformgedanken unter Papst Franziskus eher Gehör.

Ich bin immer noch froh darüber, dass ich als junger Mann so mutig war, zukünftig für mich selbst zu entscheiden, was gut und richtig und verantwortbar ist. Und noch dazu musste ich keinen Pater seelisch mit den dunklen Seiten des Emil Steinberger belasten.

«La l'église troisième.»[23]

En suure Stei

Vor nicht allzu langer Zeit rief mir ein entgegenkommender Fussgänger zu:

«Herr Steibärger, was mached Sie für en suure Stei?!»

Ich musste augenblicklich lachen, aber der mir unbekannte Passant war schon wieder verschwunden. Ich konnte ihm seine Frage nicht einmal beantworten, denn er hatte ja recht, ich hatte wirklich keinen Grund, traurig dreinzuschauen.

Eine Reisegruppe aus Japan hat einmal geäussert, dass sie sich so sehr auf den Urlaub in der Schweiz gefreut hätten. Ein Land mit reichen Menschen, schönster Natur und einer der besten Demokratien. Noch dazu niedrigste Arbeitslosenzahlen. Aber dann waren sie so enttäuscht, denn sie begegneten auf der Strasse nur traurigen Gesichtern.
Da sollten wir dringend Alarm schlagen. Wir müssten es ja nicht gleich so machen wie in Pocatello im Bundesstaat Idaho. Dort ist es Fussgängern und Automobilisten per Gesetz untersagt, Grimassen zu

schneiden und depressiv zu schauen, weil sie damit den Ruf der Stadt schädigen könnten.

Also, wenn Sie das nächste Mal auf die Strasse gehen, immer dran denken, gleich die Mundwinkel nach oben ziehen. Oder machen Sie es doch wie beim Telefonieren. Bevor Sie den Hörer abnehmen, sagen Sie erst einmal laut das Wort «Whisky». Dabei ziehen sich Ihre Mundwinkel automatisch nach oben, und Ihre Stimme wirkt gleich viel sympathischer. Ach, wenn doch alles so einfach wäre! Whisky, äh, ade!

«Debii machsch es Gsicht wie Ravioli, aber kochet hesch no keini.»[24]

Jesus und meine *Drei Engel!*

Immer öfter werden Kirchen aus wirtschaftlichen Gründen umfunktioniert und für kulturelle Events freigegeben. Ich habe mein Programm *Drei Engel!* in Deutschland auch schon in einem Gotteshaus aufgeführt. Die Bedingungen des Pfarramts gegenüber dem Veranstalter waren, dass das grosse Kruzifix nicht zugedeckt werden dürfe und die vier Hauptkerzen immer brennen müssten.

Es war eine grosse, gotische Kirche, in der ich mit *Drei Engel!* auftrat. Der Hall in diesem Gebäude störte mich fürchterlich. Auch für die Zuhörer ist so ein Sound nicht optimal. Was mir aber extrem erschien, dass hinter meinem Rücken, ebenso gut wie ich von Scheinwerfern beleuchtet, lebensgross Jesus am Kreuz hing. Und da soll ich die Leute zum Lachen bringen? Interessanterweise funktionierte meine Komik auch in diesem Ambiente. Umrahmt von vier grossen brennenden Kerzen und dem gekreuzigten Jesus entlockte ich meinem Publikum wahre Lachsalven.

Dennoch muss es irgendwie seltsam ausgesehen haben. Vorn Emil, der mit seinen Muskelbewegungen ein Gesicht nach dem anderen schneidet, und hinten der leidende Jesus, für uns ans Kreuz genagelt. Es gibt wahrlich passendere Orte für meine Auftritte.

«Jetz sötted mir denn 's Chileli vo Wasse gseh!»[25]

So ein Ärger: Ausverkauft!

Der grosse Erfolg mit meinen Emil-Programmen in ganz Deutschland war auch für mich überraschend. Hatte ich doch zunächst gedacht, man könne meine Komik nur in Luzern verstehen, dann merkte ich, dass es auch in Zürich funktionierte, in der ganzen Deutschschweiz ... und plötzlich kam noch ganz Deutschland dazu (ich darf tatsächlich «ganz Deutschland» schreiben, denn auch in der damaligen DDR funktionierte meine Komik). Es folgte ein Gastspiel nach dem anderen. Ich spielte in Schauspielhäusern, im Deutschen Theater München, in Opernhäusern, in der Komödie Berlin, im Prinzregententheater in München. Vom hohen Norden bis in den Süden, ich konnte anrufen, wo ich wollte, an allen Häusern wurde ich mit offenen Armen empfangen.

Eines Tages fragte ich beim Schauspielhaus Düsseldorf an, ob ich in ihrem Haus auftreten könne. Sie boten mir ihre kleine Studio-Bühne an. Ich versuchte ihnen zu erklären, dass das keinen Sinn ergäbe, da die Nachfrage für meine Vorstellungen für so einen kleinen Raum viel zu gross sei. Aber sie wollten mir partout nicht erlauben, auf der grossen Bühne aufzutreten. Doch dann erhielt ich plötzlich doch noch einen Anruf aus Düsseldorf. Es gab einen plötzlichen Ausfall eines Künstlers wegen Krankheit. Man wäre jetzt bereit, mir den grossen Theatersaal zu geben. Ich sagte zu und freute mich auf Düsseldorf.

Als ich am Tag der Aufführung im Theater ankam und mich an der Kasse vorstellte, warnte man mich, ich solle ja nicht nach oben zur Direktion gehen, da sei der Teufel los wegen mir.
Was war denn passiert? Die Karten für meine Vorstellung waren binnen einer Stunde ausverkauft. Und die leer ausgegangenen Leute waren natürlich verärgert. Die Presse schrieb sogar, dass sie vermute, dass das Theater ein grosses Kontingent der Karten für Emils Vorstellung unter der Hand und im Voraus verkauft habe. Es war buchstäblich der Teufel los wegen diesem Emil, und die Presse suchte dringlichst das Gespräch mit der Theaterdirektion. Ich lächelte zufrieden in mich hinein und freute mich auf mein Düsseldorfer Publikum.

«Ich habe einige Jahre, hab ich am Burgschauhaustheater … hab ich, ehm … hab ich eh … war ich.»[26]

Echt emilesk 4

Martin K. aus Olten schickte mir einmal folgende Zeilen:

Wie wahr die Inhalte Ihrer Nummern auch im täglichen Leben sind, konnte ich schon manches Mal feststellen. Und mit Humor kann man viele alltägliche Schwierigkeiten umgehen und in ein besseres Licht rücken. Es ist mir schon gelungen, eine ernste Situation im Leben mit dem Humor aus Ihren Nummern komplett zu entschärfen.

Bei der Lehrabschlussprüfung in der Uhrmacherschule, die sehr streng ist, musste jeder Lehrling eine Stunde lang einzeln den Experten ihre Fragen beantworten. Es lief mir wunderbar. Dann gingen den Experten die Fragen aus. Da kam aber noch eine Frage, die technisch unmöglich zu beantworten gewesen wäre. Es hatte sich unter den Experten die Praxis eingeschlichen, manchmal eine Fangfrage zu stellen. Ich entdeckte, wie ein Mundwinkel eines Experten zu zucken begann, und ich dachte mir «Achtung!» und sagte einfach drauflos: «Also wenn die Uhr tigget ... wenn si tigget ... denn isch es en Ziitbombe!» Dann war es kurz still. Und dann brach aus vier Mündern ein brüllendes Gelächter aus. Ein Experte klopfte mir auf die Schulter und sagte: «Bravo, Sie haben den Punkt!»

Was heisst eigentlich «Helvetia»?

Vielleicht haben Sie mal eine meiner Vorstellungen mit *Drei Engel!* besucht. Darin erzähle ich doch von unserem Schweizer Problem mit den vier Landessprachen. Wir hätten Mühe, ein einheitliches Logo zu finden.
Besonders deutlich wird das, wenn wir einer Kassiererin in Amerika erklären, dass wir aus der Schweiz kommen, worauf sie um eine Identitätskarte bittet und auf dieser dann vermutlich das Wort «Switzerland» sucht, aber nicht findet.
Und was liest sie stattdessen? Schweizerische Eidgenossenschaft, Confédération Suisse, Confederazione Svizzera, Confederaziun Svizra und schliesslich doch auch noch Swiss Confederation, falls sie dieses Kleingedruckte ohne Brille überhaupt lesen kann.
In meinem Fall erhielt ich die Identitätskarte zurück mit der Bemerkung, damit könne sie nichts anfangen. Vielleicht hat sie ja noch das Wort «Swatch» gesucht ...

Besonders schade finde ich es, dass wir auch auf unseren Briefmarken nicht «Swiss» oder «Schweiz» oder «Suisse» schreiben. Das wäre doch eine tolle Werbung, die tagtäglich hinaus in die ganze Welt getragen würde. Nein, was schreibt die Post auf unsere Briefmarken? «Helvetia»! Nochmals ein neues Wort! Was weiss schon einer im Kongo, was «Helvetia» heisst?

Kürzlich sah ich im Fernsehen ein internationales Ski-Abfahrtsrennen, das im Berner Oberland stattfand. Bei jedem Athleten stand über seiner Startnummer in grossen Buchstaben geschrieben «Helvetia». Schreibt man neuerdings den Namen des Landes, wo das Rennen stattfindet, auf alle Startnummern, fragte ich mich? Doch nach dem dritten gestarteten Skifahrer realisierte auch ich, dass nicht unser Land gemeint war, sondern die Versicherung Helvetia.

Aber, apropos «Helvetia», da muss ich Ihnen die kleine Geschichte einer Familie erzählen, die im Lustspielhaus in München mein Programm *Drei Engel!* besucht hat. Meine Frau Niccel sass unerkannt bei ihnen am Tisch und konnte nach der Vorstellung folgendes interessantes Gespräch mitverfolgen und sofort notieren:

Mutter: Ich habe gar nicht gewusst, dass «Helvetia» auch «Schweiz» heisst.

Tochter: Das war doch nur ein Witz.
Vater: Nein, das war kein Witz. Das stimmt wirklich. Ich weiss das, weil auf den Briefmarken auch immer «Helvetia» steht.
Mutter: Die haben ja vier Sprachen in der Schweiz und deshalb auch vier Namen für ihr Land: Schweiz, Schwitzerland, Helvetia und Suisse.
Vater: Und in der italienischen Schweiz?
Mutter: Das weiss ich auch nicht.
Vater: Und das CH auf den Autos, was heisst das?
Mutter: Das heisst Canton Helvetia.
Vater: Oder Canton Helvetien.
Mutter: Ja.
Tochter: Und Helvetia Versicherung heisst dann einfach Schweizer Versicherung?
Mutter: Ja, genau. Klingt ja auch viel besser.

Ich muss schon sagen, dieses Gespräch gab mir schon ein wenig zu denken – vor allem, weil ich kurz vorher in meiner Vorstellung ausführlich erklärt hatte, was «CH» und «Helvetia» bedeuten.

Ein anderes schönes Erlebnis zum Thema «Helvetia» schilderte mir kürzlich eine Frau in einem Mail:

Geschätzter Herr Steinberger
Ich habe eben die TV-Sendung gesehen mit Ihren wahren Geschichten. Eine handelt davon, dass die Schweiz sich mit so vielen verschiedenen Namen vorstellt. Dazu möchte ich Ihnen ein eigenes Erlebnis beifügen: Ich war mit meinem Mann in einem Mietauto auf der Insel Kreta unterwegs, immer wieder abseits der grossen Touristenströme durch kleine Dörfer im Landesinnern. Einmal fuhren wir durch ein grosses Gebiet mit Äckern und Melonenfeldern. Am Strassenrand ging ein Mann, offensichtlich ein Landarbeiter, und wollte mitgenommen werden. Wir versuchten, mit ihm ins Gespräch zu kommen, was nicht einfach war, da wir nicht Griechisch verstanden und er nur wenig Englisch. Er wollte wissen, woher wir sind. Wir versuchten es mit Switzerland, Swiss, Svizzera, zeigten den Pass mit dem Schweizerkreuz, er verstand nicht. Im nächsten Dorf lud er uns zu einem Kaffee in der Dorfbeiz ein, er bestellte die Getränke für sich und uns und fragte den Wirt, ob er übersetzen könne. Wir sagten wieder: «Switzerland!» Der Wirt wandte sich an den Arbeiter und sagte: «Elvetia!» Wir griffen uns an den Kopf ...
Mit freundlichen Grüssen, Hildegard S.

«Gsehsch, ändlich chunnt me emol druus!»[27]

Buureregle, mit Musig

Meine Nummer *Buureregle,* bei der ich für alle zwölf Monate des Jahres Bauernregeln im Sprechgesang präsentierte und mich selbst dazu mit einem etwas speziellen Instrument, einer Milchkanne, musikalisch begleitete, wagte ich nie in Deutschland auf der Bühne zu präsentieren. Die Übersetzung des Textes ins Hochdeutsche gelang mir einfach nicht optimal. An Stelle der Schweizer Wörter «Muni» und «Suuli» hätte ich für die hochdeutsche Übersetzung Wörter benötigt, die sich auf «Juni» und «Juli» reimen.

Ein begabter Fan hat mir aber einmal eine Übersetzung meiner *Buureregle* ins Englische zugesandt. Ich finde diese englische Version herzig und möchte sie Ihnen nicht vorenthalten. Leider weiss ich nicht mehr, wer sie mir zugestellt hat. Also bitte melden!

Buureregle, mit Musig

Im Januar, im Januar
isch alles stiif und starr.

Im Februar, im Februar
isch immer no alles stiif und starr.

Im März, im März
da gohts mit dem Johr vorwärts.

Im April, im April
dä macht sowieso, was er will.

Im Mai, im Mai
da machen alli, was sie wei.

Im Juni, im Juni
da verchauf ich glaub de Muni.

Im Juli, im Juli
do gids wieder jungi Suuli.

Im August, im August
da ist das Leben voller Lust.

Im Septämber, im Septämber
do dänkt me scho a Novämber.

Im Oktober, im Oktober
isch alles Heu im Schober.

Im Novämber, im Novämber
da dänkt mer zrugg a Septämber.

Im Dezämber, im Dezämber
da treit mer warmi Hämber.

Im Januar, im Janu . . . ar
ich glaube, das isch euch allne
jetze klar.

Farmer's Wisdom, with Music

In January, in January
everything's frozen and icy.

In February, in February
everything's still frozen and icy.

In March, in March
winter ist no more so harsh.

In April, in April
winter's really going downhill.

In May, in May
the bulls lead the cows astray.

In June, in June
half a year's gone to soon.

In July, in July
summer is passing by.

In August, in August
life is really full of lust.

In September, in September
people already think of November.

In October, in October
it's time to wear a pullover.

In November, in November
people think back of September.

In December, in December
so many things to remember.

In January, in January
well, I think you got the message!

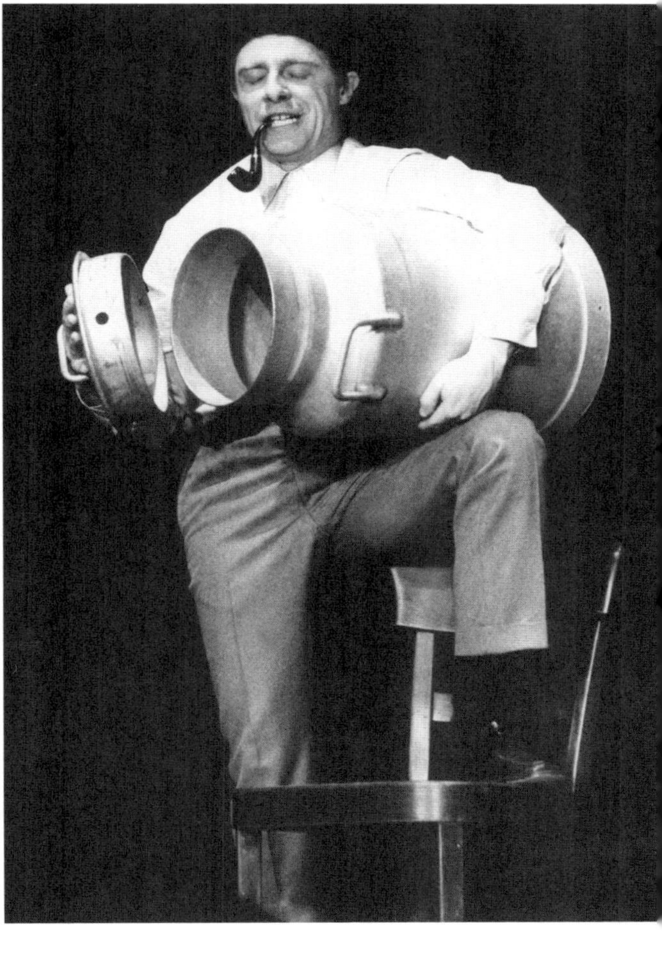

Ja, so eine Emil-US-Tournee, das wär schon was gewesen! Ich hätte die *Kinderwagen*-Nummer gespielt, gefolgt von der *Polizeihauptwache* und zum Schluss des Programms die *Bauernregeln,* natürlich umrahmt von fünfzig Las-Vegas-Girls, die im Chor mit mir gesungen hätten.

«Jetz bin i grad vo Amerika umecho.»[28]

Scharf beobachteter Raucher

Ein Mann sitzt an der Bar und schaut gelangweilt geradeaus. Was sieht er dort? Hundert verschiedene, hell beleuchtete Schnaps-, Likör- und Whiskyflaschen. Vermutlich versucht er gerade, sich alle Flaschenverschlüsse einzuprägen. Könnte sein, dass er bei *Wetten, dass …?* auftreten möchte mit der Wette, er könne den Inhalt jeder Flasche anhand des Verschlusses erkennen. Aber viel interessanter ist es eigentlich, einmal genau zu beobachten, was die rechte Hand dieses Mannes macht.

Es gibt da zwei verschiedene Varianten, nein, sagen wir, drei. Entweder gleitet die rechte Hand des Mannes an seinem Bierglas ganz langsam hinauf und hinunter. Oder aber, zweite Variante, er spielt nervös mit seinem Feuerzeug und dreht es in der Hand laufend hin und her. Die dritte Variante scheint mir aber die wichtigste zu sein. Hier streichelt seine Hand immer wieder über das auf der Theke liegende Zigarettenpäckchen. Manchmal drückt er dabei etwas an der Packung herum, dann wieder verschiebt er das Päckchen um einen Zentimeter nach vorn oder nach rechts. Schliesslich, noch eine ganz neue Variation, legt er das Feuerzeug auf der Packung ab. Und schon geht es wieder zurück zur ersten Handbewegung: Streichen über das Bierglas. Jetzt aber kommt erst die entscheidende Phase. Es sieht ganz danach aus, dass ihm selbst dieser Ablauf langweilig geworden ist und nun muss etwas passieren. Er trifft einen genialen Entscheid. Er entnimmt dem Päckchen eine Zigarette, steckt sie lässig in den Mundwinkel und bringt das feuerspeiende Instrument zum Einsatz. Voilà, die Zigi brennt! Ein tiefer Lungenzug und spontanes, variantenreiches, kräftiges Ausblasen des Rauchs. Was für ein einmaliges Schauspiel sich nun da abspielt! Die anderen Bargäste würden sicher gern applaudieren, aber leider sitzt der Mann allein an der Bar. Allein, nur mit seinem einzigen Freund, der Zigarette. Einem Freund, der sich immer und immer wieder in Rauch auflöst.

«Ich ha au scho öpper könnt, wo sälte öppis zu mir gseid hed.»[29]

Emil in Ghana

Überall in der Welt leben Schweizer. Viele lassen sich in einem fernen Land nieder, um dort ihren Lebensabend zu geniessen. Andere aber hat es aus beruflichen Gründen in die Fremde verschlagen, und nicht selten leiden diese Schweizer während ihrer Auslandaufenthalte auch unter Heimweh.

Ach, wäre das schön, lieber Emil, wenn Sie einmal nach Afrika kommen könnten, um uns Heimwehschweizern mit ein paar Emil-Nümmerchen zu unterhalten. Wir laden Sie hiermit herzlich ein, für vierzehn Tage nach Westafrika zu kommen.

Dieser Brief erreichte mich im Juni 1971 aus Accra, gezeichnet vom «Schweizer Verein Ghana». Das war zu einer Zeit, als ich noch die *Bauernregeln,* den *Kinderwagen* und die *Polizeihauptwache* in meinen Programmen spielte. Ich nahm die Einladung an, die meine Frau Maya und mich nach Monrovia, Accra und Lagos führen sollte. Dort lebten zu dieser Zeit viele Schweizer, die unter anderem im Regenwald in grossen Sägewerken arbeiteten.

Als wir auf dem Flughafen von Accra ankamen, war die erste Überraschung für uns die warme und feuchte Luft nach dem Verlassen des Fliegers. Dann kam der Zoll. Da wurde es lustig oder eher spannend – ich hatte schliesslich meine Bühnenrequisiten dabei: eine grosse Milchkanne mit Deckel, einen zusammenklappbaren Kinderwagen und im Koffer ein altes Telefon.

Die grossen schwarzen Augen, umgeben von leuchtendem Weiss, des etwas verdatterten Ghanaers am Zoll werde ich nie vergessen. Als der Zöllner meine Milchkanne sah, fragte er mit kräftiger Stimme:

«What for heaven's sake is this?»

Er nahm den Deckel ab. Leer! Noch etwas lauter und prägnanter rief er aus:

«What the hell is this?»

Ich wollte ihm erklären, dass das mein Instrument sei, mit dem ich ein Lied singen wolle. Zum Glück stand ein Swissair-Beamter neben mir. Er kürzte das Prozedere gekonnt ab:

«That's for television», sagte er trocken.

«What? For television?»

Der Zöllner verstand die Welt nicht mehr und nahm sich nun meinen Kinderwagen vor.

«Where is the baby?», rief er laut.

Alle herumstehenden Passagiere hörten gespannt zu.

«I don't have a baby», erklärte ich wahrheitsgemäss.

Nun war er am Ende seines Lateins.

«A baby buggy without baby? A big empty milk can? And that should be for television?», sprach er laut vor sich hin.

Ihm ging das alles zu weit. Aber statt mich nun zu verhaften, hörte er glücklicherweise auf den Swissair-Chef, der den Flughafen und dessen Personal gut kannte und der ihn bat:

«Please calm down! Everything is okay.»

So liess mich der ghanaische Zöllner schliesslich kopfschüttelnd passieren.

Wir verbrachten die erste Nacht in Accra und mussten von dort aus am nächsten Tag zu der Sägerei im Urwald, meinem Auftrittsort, transportiert werden. Man hievte uns mit all meinen Requisiten auf die Ladefläche eines alten Lastwagens. Wir waren dort aber nicht allein. Die ganze Ladefläche war bereits besetzt mit einheimischen Frauen, Männern und Kindern. Irgendwo zwischen ihnen fanden Maya und ich gerade noch Platz für uns und meine Sachen. Die Menschen guckten uns neugierig an und lächelten. Für sie waren wir natürlich etwas seltsame Gäste zu so früher Stunde.

Die Fahrt ging los und führte bald über lose Feld- und Wanderwege. Es war ein ständiges Holpern und Schütteln. Für so verwöhnte Fahrgäste wie uns war das natürlich ganz schön mühsam. Doch mitten im Urwald stoppte der Lastwagen plötzlich. Was war passiert? Ein dicker Baumstamm lag quer über der

Strasse. Auch das noch! Es wurde heftig diskutiert, dann versuchte man, via Funk Hilfe zu organisieren. Nach einer längeren Wartezeit traf endlich ein Range Rover ein.

Wann war noch einmal meine Vorstellung? Wenn wir hier nicht bald weiterfahren konnten, käme ich zu spät. Wie wollte man denn jetzt diesen dicken Baumstamm da wegschaffen?

Die erlebten so etwas scheinbar nicht zum ersten Mal. Sie begannen damit, den Stamm zu halbieren. Obwohl es so aussah, als ob sie die Lage unter Kontrolle hätten, wurde es uns langsam ungeheuer in diesem Dickicht. Nach zwei Stunden ging die Fahrt endlich weiter. Alle strahlten, als wir endlich beim Sägewerk ankamen.

«Und, Emil, wie war Ihr Aufenthalt im Urwald?», fragte mich einer der Schweizer mit einem breiten Grinsen im Gesicht.

Alles war organisiert gewesen. Sie hatten sich einen Spass daraus gemacht, uns etwas verweichlichten Schweizern einen kleinen Schrecken einzuflössen. Die Passagiere auf dem Lkw, der umgestürzte Baumstamm, alles war für uns arrangiert. Jetzt wurde mir auch klar, warum es in dem Brief noch geheissen hatte:

Wir sind überzeugt, dass Ihr Besuch nicht nur für uns ein Erlebnis sein wird, sondern dass auch Sie Ihre Westafrika-Reise nicht so schnell vergessen werden.

Ich weiss gar nicht mehr, ob ich in diesem Moment Humor bewiesen habe und über mich lachen konnte. Man zeigte mir die Bühne, die extra für mich im Urwald gezimmert und aufgebaut worden war. Es war schon sehr heiss, aber es versprach noch heisser zu werden, denn die Scheinwerfer waren gerade mal zehn Zentimeter über meinem Kopf montiert.
Zu meinem grossen Erstaunen lachten die anwesenden Ghanaer mit ihren grossen weissen Zähnen am meisten über meine Nummern. Dabei verstanden sie gar nichts von dem, was ich auf der Bühne erzählte. Einzig mein Mienenspiel konnte sie so zum Lachen gebracht haben. Ihr Lachen wirkte jedenfalls wie ein Ventilator auf mich.

Ich überstand das Urwald-Gastspiel ohne weitere Zwischenfälle. Keine Schlangenbisse, keine Affen, die ohne Tickets meine Vorstellung besucht hätten. Nach der Vorstellung freute ich mich bereits wieder auf den ghanaischen Zöllner, dem ich bei der Ausreise am Flughafen sicher wieder in die Hände fallen und der vermutlich erleichtert sein würde, dass dieser komische Schweizer Kauz und seine Frau das Land auch wieder mit einem leeren Kinderwagen verlassen.

«Ja, tu-tu-tu-tu-tu-tu!»[30]

Einfach zeichnen

Ich liebe es, einen Bleistift in den Fingern zu halten und dieses Werkzeug leicht oder mit etwas Druck und dann wieder fast schmierend über ein Blatt Papier wandern zu lassen. Klar ist, dass diese Bewegungen meiner Hand und der Finger vom Kopf aus gesteuert werden. Die Augen verfolgen aufmerksam die Linien, die auf dem Papier entstehen, leiten diese Empfindungen an das Gehirn weiter und von dort werden ständig neue Befehle an Hand und Finger abgeschickt. Das Schöne für mich an diesem zeichnerischen Vorgang ist, dass während des Zeichnens immer auch ein Denkprozess stattfindet.
Auch ein einfaches Hinkritzeln löst immer wieder neue Empfindungen aus, die zu weiteren Signalen führen, die an Finger und Hand weitergeleitet werden, damit der Bleistift ganz genau nach Wunsch übers Papier gleitet: mal zart, mal kräftig, hauchdünn, breit oder fett, zittrig oder ganz exakt. Ein wunderbarer Vorgang!
Mehr Mühe habe ich da schon damit, eine Idee am Computer zu entwerfen, da dort ein ganz anderer Vorgang stattfindet. Zwar melden auch hier die

Augen laufend und sekundenschnell, was sich auf dem Bildschirm tut, aber neue Bilder und Möglichkeiten entstehen per Klick fast zu schnell und verhindern, dass gleichzeitig noch ein Denkprozess stattfinden kann. Nochmals «klick» und – «Wow!» – schon wieder ein neuer Effekt, schon wieder eine neue Variante! All das findet blitzschnell statt. Der Computer arbeitet und verändert so rasant, dass man mit dem Denken und Fühlen gar nicht schnell genug hinterher kommen kann. Das Einzige, was man noch tun muss, ist, per Mausklick «Ja» oder «Nein» sagen.

Verstehen Sie mich nicht falsch, ich bin fasziniert von diesen Maschinen und all dem, was sie leisten können und arbeite tagtäglich am Computer. Aber was das Zeichnen und Entwerfen angeht, das skizzenhafte Notieren, da möchte ich einfach ganz altmodisch bei Bleistift und Papier bleiben, wenn mir nicht dummerweise wieder mal der Spitz abgebrochen ist …

«Jetz isch mir no de Spitz abbroche.
Han ich jetz ned neumed no es Mässerli gha?»[31]

17,64 Prozent

Im Juni 1975 wurde ich zum ersten Mal vom Rationaltheater in München engagiert. Der Schweizer Urs Pils, damals noch Manager der Bekleidungsfirma Bogner, hatte dieses Gastspiel für mich eingefädelt. Die Schweizer Presse schrieb damals, dass ich im Münchner «Nationaltheater» auftrete. Diesen Fehler habe ich natürlich nie korrigiert, denn ich fand, dass es etwas besser klinge als «Rationaltheater». Der Auftritt war ein Riesenerfolg!

Die Münchner Zeitung tz schrieb über meine Auftritte:
Seine mimischen Verwandlungskünste sind so unglaublich, dass man zuweilen versucht ist, auf dem Programmzettel nach den Namen der kabarettistischen Mitspieler zu fahnden …
Und die *Süddeutsche Zeitung* schrieb:
Mit beinahe jedem Wort, jedem Muskelzucken Emil Steinbergers auf der Bühne bricht im eingepferchten Publikum eine offenbar alle inneren und äusseren Bedrängnisse sprengende Begeisterung aus, wie ich sie kaum je erlebt habe.

Emil
Emil
München - Weltstadt mit

Vier Jahre später erhielt ich Post vom Rationaltheater, mit der Bitte, ihnen schnellstmöglich mitzuteilen, zu welchem Steuersatz ich meine Gage aus dem Jahr 75 in der Schweiz versteuert hätte.
Falls ich sie aber gar nicht versteuert hätte, müssten sie mir einen Steuersatz von 17,64 Prozent verrechnen. Ja, Sie lesen richtig, 17,64 Prozent! Man hätte hinten ruhig noch eine Zahl anhängen dürfen, das wäre noch lustiger geworden.
Entschuldigung, aber was hatten die denn für Steuersätze? Wenn man heute immer noch so pingelig in Sachen Steuerabkommen mit der Schweiz ist, dann werden die Verträge zwischen den beiden Staaten wohl nie unterzeichnet werden können.

«Nei, siebe mol siebe rächnet mer hüt ganz andersch. Do rächnet mer hüt eifach: füüf mol zäh weniger eis!»[32]

Übersteinbrücken wir die Unstimmigkeiten

Uiuiui, da haben wir Schweizer aber unsere deutschen Nachbarn richtig böse gemacht. Das ist ja gar nicht unsere Art, mit Freunden so umzugehen, aber vielleicht war es auch für uns mal ganz gut, mitzuerleben, wie es sich anfühlt, wenn man nicht gelobt wird. Eine richtig kalte Dusche haben wir da abbekommen und beim ersten Kälteschock erst einmal laut aufgeschrien. Ein Psychiater hätte uns sicher auch dazu geraten, uns erst einmal den Schmerz von der Seele zu schreien.

Nachdem Peer Steinbrück uns Schweizern, also den «Indianern», mit einer Cowboy-Kavallerie-Attacke gedroht hatte und Herr Müntefering nachdoppelte, solchen Ländern wie der Schweiz hätte man früher den Krieg erklärt, kam bei uns Schweizern wieder richtig Angst auf. Und das ausgerechnet jetzt, wo wir alle Kanonen im Gotthardmassiv abmontiert und 5000 verloren gegangene Gewehre eingesammelt hatten, die nun irgendwo herumlagen, und unsere Bunker in den Bergen an Private verkauft hatten und zu Hotels umbauen liessen. Ausgerechnet jetzt tauchte das böse Wort «Krieg» wieder auf! Wir wurden so nervös, dass wir beinahe im Reduit wieder alles montiert hätten, in den Kavernen die Ventilatoren wieder eingeschaltet, die Kavalleriepferde fit gespritzt und die Velos der Radfahrerkompanien in 21-Gänger mit Stossdämpfern umgetauscht hätten, denn wir lieben es, die Cowboys in zerklüftete Bergtäler und raffinierte Hinterhalte zu locken, von wo aus wir sie dann aus heimelig wirkenden, kaschierten Schweizer-Châlets beschiessen. Aber beinahe hätten wir strategisch versagt. Denn der Gotthard war gar nicht das Ziel unserer Nachbarn, sondern das Geld, das auf unseren Banken ruht. Da drückt doch unserem Nachbarn der Schuh (oder der Sparstrumpf).

«Sie werden auf Granit beissen», konterte der Schweizer Indianerhäuptling in Bezug auf unser Bankgeheimnis.

Herr Steinbrück möchte nun das Finanzielle aber doch lieber auf dem Papier lösen, statt sich mühsam als Goldwäscher am Bergbach abzumühen. Haben die Amerikaner wieder einmal vorgemacht, dass man auch ohne Waffen den Feind mürbe machen und zum Kapitulieren bringen kann?

Wir Schweizer sind halt ein verwöhntes Völkchen. Wenn wir in unserem Heimatkanton mit dem Steuersatz unzufrieden sind, ziehen wir in einen anderen Kanton um, wo die Steuern tiefer sind.

Komischerweise gibt es aber trotzdem noch genügend Menschen, die freiwillig in den steuerlich teureren Kantonen bleiben. Könnte es zwischen den verschiedenen Nationen nicht auch so funktionieren? Diese Freiheit will Steinbrück seinen Bürgern nicht gewähren. Wissen Sie, wie oft wir Schweizer jährlich abstimmen gehen? Wir befassen uns mit allen politischen Problemen, hören uns Diskussionen an, studieren die Zeitungen und die neuesten Gesetzesvorlagen und legen dann regelmässig unsere Stimmzettel in die Urnen. Damit nehmen wir doch unserer Regierung eine ganze Menge Arbeit ab, und das belohnt sie vielleicht damit, dass sie uns niedrigere Steuern zahlen lässt.

So eine Mitarbeit kann man natürlich nur von einem gut orientierten Volk verlangen. Das ist klar. Eine Zuschauerin in Stuttgart erklärte mir kürzlich nach meiner Vorstellung, dass Volksabstimmungen in Deutschland undenkbar seien, da das Volk einfach zu dumm sei und zu leicht beeinflusst werden könne. Ich schüttelte den Kopf. Das wäre doch alles nur eine Frage der «Erziehung». Man kann doch ein Volk dazu erziehen, dass es immer mitdenkt und sich laufend über die Sachverhalte informiert, die wieder zu entscheiden sind. Bei uns ist es ja so, dass wir sogar mit «Ja» stimmen, wenn wir gefragt werden, ob wir höhere Mehrwertsteuersätze zahlen wollen. Wir werden auch gefragt, ob wir eine Armee wollen, ob unsere Umwelt Atomkraftwerke und unser Land mehr Minarette verträgt. Nicht immer gehen solche Abstimmungen so aus, wie man sich das persönlich wünschen würde. Aber das ist eben Demokratie. Damit muss man dann leben … oder weiter Überzeugungsarbeit leisten und irgendwann erneut abstimmen. Liebe Deutsche, wir Schweizer lieben die Loreley, das Harzgebirge, eure perfekt renovierten Städte in den neuen Bundesländern, eure grosse Sprachbegabung, eure tollen Autos und vieles mehr. Vielleicht mögt ihr unseren Käse, die Schweizer Bergsocken, Uhren von Swatch, Taschen aus Schweizer Militär-Wolldecken und neuerdings auch den Nespresso. Cowboys aus Deutschland sind bei uns jederzeit willkommen, aber am liebsten als Touristen, mit denen wir gern bei einem gemütlichen Käsefondue über die Vor- und Nachteile einer Volksdemokratie diskutieren würden. Wir sind schon jetzt überzeugt, so dumm könnt ihr gar nicht sein, dass man euch nicht auch über Themen wie genmanipulierte Nahrungsmittel, Kinderkrippenbetreuung und Zersiedelung der Landschaft abstimmen lassen könnte. Aber bitte meldet euch vorher an, damit wir nicht denken, die Kavallerie käme, und damit wir den Käse schon einmal im Caquelon aufwärmen können.

«Im Gägeteil, mir wärdet morn scho mit üsne Parteifründe zämmecho.»[33]

Echt emilesk 5

Eine Frau namens Gerda schilderte mir einmal diese wunderbare Geschichte:

Ich wollte meiner Mutter in Berlin eine Freude machen und kaufte Karten für die Vorstellung Emil, *was die Mutter aber nicht wusste. Es sollte eine Überraschung sein. Einen Tag vorher hatte sie sich noch ein Paar neue Schuhe gekauft, auf die sie sehr stolz war.*
Kurz vor dem Theatereingang sagte meine Mutter: «Ich laufe so wunderbar in meinen neuen Schuhen, die sind so bequem.» Unser Blick ging nach unten ... Sie hatte ihre roten Plüschpantoffeln an. Wir lachten, aber Mutter war total geschockt. Ich sagte: «Entweder wir fahren noch mal nach Hause, dann können wir das Theater aber vergessen, oder du gehst mit den Pantoffeln ins Theater und wirst dein ganzes Leben darüber lachen, so oft, wie du daran denkst!»
Dann sah sie die Vorstellungsplakate mit dem Namen Emil und war noch unglücklicher. Denn das wollte sie sich auf keinen Fall nehmen lassen, da sie ihn schon immer sehr gerne mochte.
Sie ging also wirklich mit den Hausschuhen rein. Da stand sie nun, ihre Blicke gingen hin und her, sie schaute nur auf

die Leute, um zu kontrollieren, ob sie ihre Pantoffeln bemerkt hätten. Es bewegten sich nur ihre Augen, ansonsten stand sie starr. Das war köstlich. Endlich sassen wir im Theater, waren gespannt, lachten immer noch. Der Vorhang ging auf, herein kam Emil im Morgenmantel, verschlafen, nur in den Socken, schaute sich suchend um und sagte: «Wo sind denn meine Hausschuhe?» Wir konnten uns nicht mehr beherrschen und lachten ganz laut los. Die Leute schauten uns ganz seltsam an, aber wir fanden es einmalig.

Herzliche Grüsse, Ihre Gerda H.-M.

Pacific 231

Ich liebe Züge, aber es gibt eine Bahn, auf die ich locker verzichten könnte. Welche ist das wohl, werden Sie sich jetzt fragen. Meint er die Rhätischen Bahnen, den Golden Pass Express oder die Zentralbahn? Geht es um die SBB oder die BLS oder auch um die DB?

Ich verrate Ihnen so viel: Es ist eine Bahn, bei der ich lieber von aussen zugucke, wie die Leute in sie einsteigen. Und ich verspüre dabei sogar immer ein bisschen Schadenfreude, weil ich weiss, was gleich auf die Reisenden zu kommt.

Ich spreche da durchaus aus Erfahrung. Denn ich kenne die Schrecksekunden nur zu gut, die es bei den Fahrten mit dieser Bahn immer wieder gibt. Meine letzte solche Tour war eine richtige Höllenfahrt. Der Atem stockte mir. Ich konnte nur noch eines, die Augen schliessen und den Schrei meines Lebens herauslassen.

Generalabonnements und Halbtaxabos werden bei dieser Bahn übrigens mit einem verklemmten Lächeln abgewiesen. Aber bevor Sie nun vermuten, dass ich hier eine angesehene Bahngesellschaft an den Pranger stellen möchte, verrate ich Ihnen lieber, dass ich von der Achterbahn auf dem Jahrmarkt spreche.

Alle anderen Züge mag ich hingegen ausserordentlich gern. Schade, dass ich nicht besonders musikalisch begabt bin, sonst könnte ich, wie der Schweizer Komponist Arthur Honegger, ein tolles Musikstück über das Eisenbahnfahren komponieren. In den 1920er-Jahren gab es eine stolze, majestätische Dampflokomotive mit dem Namen «Pacific 231», die mit 120 Stundenkilometern Züge durch England, Deutschland und Frankreich zog. Arthur Honegger liebte diese Loki nach eigener Aussage so leidenschaftlich, wie andere Männer Pferde oder Frauen lieben, und brachte diese Liebe in einer sechsminütigen sinfonischen Komposition, *Pacific 231,* zum Ausdruck. Dabei war es ihm wichtig, nicht nur den Lärm der Lok nachzuahmen, sondern auch den visuellen und physischen Genuss ins Musikalische zu übertragen.

Ich finde es schön, dass die Schweizer immer eine Tonfolge aus *Pacific 231* bei sich tragen, wie auch ein Bild des Komponisten. Vermutlich sind wir alle heimliche Loki-Fans. Wer hätte das gedacht! Ja, schauen Sie sich mal eine Schweizer Zwanzigernote genauer an! Auf der einen Seite finden Sie den Kopf des Komponisten und auf der anderen Seite die erwähnte Tonfolge aus *Pacific 231.*

Beeindruckend fand ich auch immer die nicht enden wollenden amerikanischen Güterzüge. Die scheinen ja ein bis zwei Kilometer lang zu sein. Besonders imponierten mir immer die bulligen Diesellokomotiven mit dem Namen «Santa Fe», die oft vor diese Güterzüge gespannt sind.
Als ich mich einmal auf einer Reise durch New Mexico befand, besuchte ich auch die Stadt Santa Fe. Dreimal dürfen Sie raten, warum! Ich suchte natürlich sofort den Bahnhof auf, um diese schönen Lokomotiven einmal aus der Nähe bewundern zu können. Für mich sollte damit ein Bubentraum in Erfüllung gehen. Aber welche Enttäuschung! Der Bahnhof von Santa Fe war etwa zehnmal kleiner als der von Goppenstein in der Schweiz! Nur ein einziges Stumpengleis im Sackbahnhof von Santa Fe! Die von mir so bewunderten langen Güterzüge fahren immer meilenweit ausserhalb der Stadt vorbei, durch die Wüste.

«Pacific» und «Santa Fe», was für wohlklingende Namen für solche starken Lokomotiven. Und was steht bei uns in der Schweiz auf den Lokis, die die Güterwagons ziehen? «Cargo»! Was für ein unromantisches Wort prangt da in grossen Buchstaben auf unseren Lokis? Dabei sind doch die Schwierigkeiten des Unternehmens SBB Cargo seit Jahren fast so gross wie die Buchstaben. Da wäre ja das Wort

«Rüttihubelbad» noch schöner. Zudem fahren dort die Güterzüge auch, wie in Santa Fe, kilometerweit entfernt an der Ortschaft vorbei.

«Wieso fahrt denn dä ned? Muess gliich emol useluege, wieso dass dä nid fahrt.»[34]

Immer diese Legenden!

Mal ganz ehrlich, wie haben Sie das Wort «Legenden» in der Überschrift betont? Also ich lese beim ersten Mal immer «Liegende» statt «Legende». Woran das liegt, weiss ich auch nicht. Es könnte damit zu tun haben, dass ich mir unter Legenden immer bereits im Grab liegende, grosse Persönlichkeiten vorstelle.

Immer öfter ist von der «Legende Emil» die Rede. Man erklärt mir dann immer, dass dies eine sympathische Wertschätzung sein solle. Ich muss mich langsam daran gewöhnen, mit diesem Wort in Verbindung gebracht zu werden. Immerhin wird meist noch «lebende» vorangestellt.
Man kann aber dieses Wort nochmals anders lesen, nämlich mit der Betonung auf der ersten Silbe. Dann denke ich an Legende – also an Hühner. Auch ich bin ja in gewisser Weise ein Legender, der täglich neue Ideen auf den Tisch legt.

Ich überlasse es nun Ihnen, wie Sie das Wort betonen wollen. Sprechen Sie vom legenden Emil oder von der lebenden Legende Emil? Hoffentlich einfach nicht vom bald liegenden.

«Steht sie in Lohnarbeit? Bisch gstande oder ghuret oder ghocket oder … Jo jo, de seid mers oder! Wäg dem muesch di ja ned geniere, au wenn gläge bisch.»[35]

80 : 20 = ?

Ich habe einmal nachgezählt und festgestellt, dass ich in meinem Leben über zwanzig Berufe ausgeübt oder wenigstens touchiert habe. Aber natürlich habe ich nicht für jeden dieser Berufe eine dreijährige Lehre absolviert (rechne!).

Während ich dies schreibe, weiss ich noch gar nicht, ob ich in diesem Buch auf meine diversen Berufe eingehen werde. Vielleicht fliessen meine Gedanken ja in eine ganz andere Richtung. Ich lasse mich einfach mal von mir selbst überraschen, lasse der Feder, wie man so schön sagt, freien Lauf. So wie es auch bei der Wahl meiner Berufe oft geschah. Sie kamen einfach auf mich zu.

Natürlich könnte ich Ihnen hier wenigstens einmal verraten, was ausser Schauspieler ich gern geworden wäre. Aber ich bin vor Kurzem über einen Satz von einem Ernst Reinhardt gestolpert. Er sagt:

Alt ist, wer nicht mehr überlegt, was er werden kann, sondern was er hätte werden können.

Deshalb habe ich beschlossen, Ihnen den Gefallen nicht zu tun, an dieser Stelle aufzuzählen, was ich alles hätte werden können. Ich hoffe, Sie haben Verständnis dafür, dass ich Ihnen nach der Ohrläppchengeschichte schon zum zweiten Mal einen Korb gebe.

«Ich loh mich denn im Telefonbuech lo iiträge unter Flammenwerfer Sprinkler.»[36]

Beruflich improvisieren

Wenn ich Ihnen sage, dass ich beruflich improvisiert habe, meine ich damit nicht, dass ich mein ganzes Leben eher improvisierend gestaltet hätte. Aber natürlich sah ich mich fortlaufend mit neuen Ideen und Tatsachen konfrontiert. Da war der Weg vom Postbeamten zum Grafiker, dann vom Grafiker zum Kleintheater-Leiter, weiter zum Kinobesitzer, von dort zum Circusclown und weiter zum Filmschauspieler, zum Werbespot-Macher, auch zum «Auswanderer» nach New York, zum Autor, zum Verleger, zum Vorleser ...

Wie könnte ich da jemandem vorgaukeln, dass ich das alles so geplant gehabt hätte. Nein, in meinem Leben war immer wieder Improvisationskunst gefragt, nicht nur auf der Bühne, auch im parallel dazu stattfindenden Berufsleben.

«De bin i denn zrugg und ha denn dä ganz Betrieb e chli rrrreorganisiert ... hä!»[37]

Das darf man schon mal erzählen

Von 1989 bis 1996 lebte ich allein. Keine Bühnenauftritte mehr. Keine Freunde. Freunde? Diesen Begriff müsste man sowieso erst einmal definieren. Heute nennen sich ja über 5000 Menschen im Facebook meine «friends», aber diese neue Nutzung des Begriffs «Freund» meinte ich jetzt gar nicht.

Ich musste feststellen, dass mit der zunehmenden Berühmtheit und dem Erfolg auch die Einsamkeit immer mehr Einzug in meinem Leben hielt. Einerseits zieht man sich selber immer mehr zurück, weil man sonst pausenlos angesprochen wird, weil man auch immer extrem beschäftigt ist und in immer mehr Zugzwänge gelangt. Andererseits gehen viele Menschen nicht mehr normal mit dir um, sprechen und diskutieren nicht offen mit dir über das, was du machst, stehen dir nicht bei in schweren Zeiten und fürchten, dich zu stören oder zu belästigen, oder haben plötzlich einfach viel zu grossen Respekt vor deiner sogenannten Privatsphäre. Es ist ein richtiger Teufelskreis, in den man da gerät, mit dem Resultat, dass man immer öfter allein ist.

Da bleibt dann fast nur noch die Arbeit, die in meinem Fall mit dem Kreieren von Werbespots, einer Schweiz-Plus-Tourismus-Aktion und vielen weiteren Aktivitäten sehr vielseitig und interessant war.

Nachdem Maya und ich uns hatten scheiden lassen, kutschierte ich sozusagen sieben Jahre lang allein durchs Leben. Dann, im Jahr 1995, lernte ich eine junge Frau näher kennen, mit der ich schon seit zehn Jahren eine Brieffreundschaft gepflegt hatte. Sie feierte damals zusammen mit ihrer Mutter ihren dreissigsten Geburtstag in New York. Die grosse Weltstadt war der Grund dieser Reise, nicht ich. Aber natürlich trafen wir uns, und diese Dreissigjährige erzählte mir von den ersten Lachseminaren, die sie damals in Köln durchgeführt hatte. Sie zeigte mir auch ihre gesammelten Gedichte, von denen ich sehr angetan war. Nach einer Woche reisten die zwei Frauen zurück nach Köln.

Ein Jahr später erkundigte ich mich dann, ob diese Frau nicht Lust hätte, nochmals nach New York zu reisen. So reiste sie an ihrem 31. Geburtstag erneut in den Big Apple, und damit wurde unser gemeinsames Schicksal besiegelt. Ich schloss die Türen ab, und es gab kein Zurück mehr für Niccel.

Seither sind wir Tag und Nacht zusammen. Aber bevor wir zurück in die Schweiz reisten, heirateten wir 1999 noch in der City Hall von New York.

«Geburtsdatum der Ehefrau? Isch glaub am ene Driizähnte gsii. Das cha ja nur am ene Driizähnte gsii sii!»[38]

Glück gehabt

Ich gebe es offen zu. Das Glück hat mir in meinem Leben sehr oft beigestanden. Ich bin der festen Überzeugung, dass man Glück nur im Nachhinein feststellen kann. Vielleicht sagt man deshalb auch «Ich habe Glück gehabt» – Vergangenheit! Den Ausspruch «Ich werde Glück haben» bekommt man doch deutlich seltener zu hören.
Man weiss doch bei keiner Arbeit und bei keinem Unternehmen, das man startet, bei keinem Risiko, das man eingeht, im Voraus, ob man Glück haben wird oder nicht. Man kann das Glück nicht anstreben, nicht anvisieren ... höchstenfalls kann man es herausfordern wie der Ballonfahrer, der hofft, dass er seine Landung in einem guten Acker hinkriegen kann, mit gut Glück sozusagen. Aber eben, es könnte genauso gut danebengehen. Glück lässt sich nicht steuern. Oder einer, der sich mit einem Fallschirm von einem Wolkenkratzer in die Tiefe stürzt, der hofft natürlich auf das Glück, dass ihn kein unerwarteter Windstoss an die Hausfassade drückt. Kann man sagen, dass Menschen, die öfter und grössere Risiken eingehen, hinterher auch öfter davon spre-

chen können, dass sie Glück gehabt haben? Jetzt wirds fast schon philosophisch.

Einer der Glücksmomente, die ich erleben durfte, ereignete sich 1977 nach der Circuspremiere im KNIE. Ich hatte mich sofort nach meinem Premierenauftritt in meinen Wohnwagen zurückgezogen, um aufzuschreiben, welche Fehler ich während der Vorstellung gemacht hatte. Da klopfte es an der Türe. «Emil, du musst sofort zu den Journalisten kommen! Die sind hellauf begeistert!»
«Ist das wahr?», fragte ich etwas ungläubig.
Das war für mich ein grossartiger Glücksmoment. Aber worauf ich hinauswill: Ich versuchte nie, das Glück herauszufordern oder für mich zu pachten. Es geschah einfach, es passierte. In solchen Momenten stimmte einfach alles und die Umstände waren optimal, ebenso die erbrachten Leistungen, und die Arbeit fühlte sich in solchen Momenten eben nicht wie Arbeit an, sondern wie ein glückliches Tun, das einen weiterbringen konnte. Und dann passierte es. Dann stellte sich der Glücksmoment ein, und ich konnte sagen: «Ich habe Glück gehabt.»
Es kann mich übrigens auch glücklich stimmen, wenn ich am Radio miterleben darf, dass schon vier gesendete Sekunden einer Emil-Nummer genügen, damit die Zuhörer zu Hause erkennen, um welchen Sketch von mir es sich handelt. Auch so etwas, dass

meine Nummern so einen Wiedererkennungswert erhalten und sich so in die Herzen der Menschen einbrennen, hätte ich nie anvisieren können. Es passierte einfach, als ein Gefüge vieler günstiger Umstände. Glücksgefühle erzeugt auch eine Andrea S. bei mir, die mir schreibt:

Meine Eltern haben Emil gehört. Ich habe Emil gehört. Meine Kinder hören Emil. Und so wird es in den nächsten Generationen weitergehen.

Oder wenn ich Sätze lesen darf, wie sie mir immer wieder gesendet werden:

Emil, du hast mich durch meine ganze Jugendzeit begleitet.

Und auch solche Sätze:

Wenn bei uns mal etwas schiefläuft in der Familie, sagt eine Person nur einen Satz aus Ihrem Programm, und alles ist wieder bestens.

Glücksmomente können auch Schlagzeilen in Zeitungen bewirken, zum Beispiel, wenn ich lesen darf: *Emil, ein Mensch ohne Verfalldatum,* oder wenn der deutsche Schauspieler und Kabarettist Ottfried Fischer in einer Laudatio über mich beteuert «Wir lieben die Schweiz, weil wir Emil lieben.»

Es gäbe noch unzählige Sätze, die mich allesamt viel mehr beglücken, als es eine Fernsehgala hätte können, wie man sie mir gern zum Achtzigsten Geburtstag geschenkt hätte.

Stattdessen durfte ich zusammen mit Niccel die Sendung *Emil lacht* planen und gestalten. Leider ist sie nicht so erfolgreich geworden, wie wir es uns gewünscht hätten. Da war uns das Glück nicht hold. Es muss mich ja auch nicht alle Tage begleiten, das wäre ungesund und unfair noch dazu.

«D'Kollege, die möged mich richtig guet.
Die nähmed mich immer mit, wenn's brönnt.»[39]

Glück, philosophisch betrachtet

Der Basler Philosoph Dr. Hans Saner erklärte einmal, dass ein Mensch, der nach den Maximen zu einem glücklichen Leben sucht, das eine gewisse Allgemeingültigkeit beanspruchen kann, dieser Mensch vielleicht auf lauter harte Sätze stossen werde. Ich zitiere einmal ein paar davon:

Man muss denken lernen.
Man muss Erfahrungen sammeln.
Man muss verzichten und ertragen lernen.
Man muss es wagen, zu wissen.
Man muss sich selbst kennenlernen.
Man muss sich verändern wollen.
Man muss arbeiten lernen.

So, so, das sind also alles Leistungen, die man nach Dr. Hans Saner erst einmal erbringen muss, bevor einem das Glück ins Gesicht blinzelt. Gar nicht so einfach, oder?
Vielleicht gibt es auch noch einfachere Wege, um dem Glück zu begegnen? In Verona gibt es zum Beispiel den berühmten Balkon von Julia aus *Romeo*

und Julia. Sie stand ja bekanntlich auf diesem Balkon, und unten sang ihr Romeo herzzerreissende Lieder und kletterte schliesslich zu ihr hinauf, um ihr seine Liebe und seine Treue zu schwören.
Nun gibt es auf diesem Balkon eine Statue von der schönen Julia, und Millionen von Touristen wollen ihre Brust berühren, damit auch sie das Glück von ewiger Liebe und Treue erleben können.

Manchmal wundere ich mich schon über die Menschen. Wieso glaubt man solche Sachen? Warum soll denn ausgerechnet das Streicheln über Julias Brust bewirken, dass man selbst ewige Liebe und Treue erfahren wird? Romeo und Julia haben doch schliesslich ein tragisches Schicksal erlitten.
Vielleicht ist es für diese Menschen einfach schon gut und heilsam, wenn sie daran glauben können, dass sie Glück haben werden, egal, ob sich nachher das Glück auch wirklich einstellt. Das grosse Glück, erträumt oder erlebt, mag ich jedem gönnen.

«Wir wünschen Glück und vom Kuchen je ein Stück!»[40]

Echt emilesk 6

Aus Wien erreichten mich vor einigen Jahren folgende Zeilen eines Herrn, der meine Vorstellung *Drei Engel!* besucht hatte:

Sehr geehrter Herr Steinberger,
nach dem köstlichen Vortrag im Wiener Stadtsaal möchte ich mich noch einmal entschuldigen für den grässlichen Fauxpas beim Widmungsschreiben, als ich Sie ansprach und sagte, dass ich seit 35 Jahren Ihren Sketch Im Fundbüro *nicht vergessen kann. Ich konnte direkt sehen, wie Ihr Gesicht einschlief, während Sie Ihre herzliche Widmung schrieben. Diese Verwechslung haben Sie nicht verdient, und sie tut mir von Herzen leid. Bei der Firmen-Weihnachtsfeier wurde ich von meinem Chef dazu auserkoren, mit ihm zusammen im Sketch von Emil Steinberger* Das Fundbüro *den Beamten zu spielen. Die Darbietung kam gut an, und seitdem verknüpfe ich diese Geschichte mit Ihnen. Ich hoffe, Sie sind mir nicht weiter gram gewesen, ich wusste es nicht besser.*
Kennengelernt habe ich Sie übrigens im Film Ein Schweizer namens Nötzli, *den ich in Bayern sah. Die Fröhlichkeit in diesem Film habe ich bis heute nicht vergessen.*

Sie haben die Rolle des Buchhalters Nötzli sehr gut interpretiert.
Herzlich, Alfred W.

Ich antwortete diesem Herrn, dass ich nicht betupft gewesen sei, weil er meinte, ich hätte die Nummer *Im Fundbüro* gespielt. Immerhin schätzte ich ja die Leistungen des Schauspielers Walter Roderer sehr. Ich habe ihn sogar noch zu einer meiner Vorstellungen in Amriswil eingeladen. Ich musste diesem Alfred allerdings doch noch mitteilen, dass der Film *Ein Schweizer namens Nötzli* ebenfalls von Walter Roderer und nicht etwa von mir sei.

Woraufhin ich folgende zerknirschte Antwort erhielt:

Jetzt bin ich aber wirklich am Boden zerstört, dass ich Ihnen nach dem Fundbüro *auch noch den* Nötzli *untergeschoben habe. Ich dachte erst, dass Sie jetzt geschwindelt haben, habe sofort den* Nötzli *gegoogelt und dann wirklich ein dummes Gesicht gemacht. Ich verspreche Ihnen, dass ich nun ganz sicher bin, in Zukunft niemandem zu erzählen, ich hätte am 5. Mai im Stadtsaal in Wien den Walter Roderer gesehen.*
Mit herzlichen Grüssen, Alfred W.»

In der Comédie-Française

1980 fand ich überraschenderweise in meinem Briefkasten einen Brief von der Comédie-Française, dem französischen Nationaltheater in Paris. Sie feierten ihr 300-Jahr-Jubiläum und würden mich gern einladen, aus diesem Anlass bei einer Live-Übertragung des französischen Fernsehens aus der Comédie-Française einen oder zwei meiner Sketche zu spielen.
Wie es so ist mit diesem Emil, er fährt sich erst einmal nervös durch die Haare und murmelt etwas vor sich hin. Aber dann wurde mir plötzlich bewusst, was ich gerade gelesen hatte:
«Das gibts ja nicht! Ich soll im berühmten Nationaltheater Frankreichs auf der Bühne stehen?»
Unglaublich! Ich konnte es kaum fassen. Ich, Emil, darf in der Comédie-Française auftreten. Das ist ja total verrückt!

Ich sagte zu und beschloss, die *Kinderwagen*-Nummer und die *Polizeihauptwache* zu spielen, natürlich in meinem etwas Emil-gefärbten Französisch! Für die Reise nach Paris war ich bestens vorbereitet.

Alle Requisiten waren im Auto verstaut, und ich wusste genau, wann und wo ich mich melden sollte. Die Fahrt in Richtung Paris verlief problemlos. Nur noch 50 Kilometer trennten mich von der grossen Metropole. Doch plötzlich schoss mir eine Frage durch den Kopf: Meinen die wirklich mich? Passe ich überhaupt zu so einem kulturell hochstehenden Anlass? Verwechseln die mich nicht mit ... ja genau, mit Dimitri?
Je mehr ich mich meinem Ziel näherte, desto überzeugter war ich davon, dass da eine Verwechslung vorliegen musste. Die wollten eindeutig den Clown Dimitri engagieren, nicht mich. Ich hielt es kaum noch aus im Auto. Sollte ich überhaupt noch weiterfahren nach Paris oder nicht doch lieber an einer Raststätte rausfahren und in Paris anrufen und das Missverständnis klären?

Ich fand die Comédie-Française auf Anhieb, parkte mein Auto und ging ins Theater und schnurstracks auf die Tür der Direktion zu. Mein Herz klopfte rasend. Gleich würde es einen sehr peinlichen Moment geben, dachte ich, und klopfte an die Türe zur Wahrheit. «Entrez!», hörte ich jemanden rufen, öffnete die Türe, machte den ersten Schritt ins Büro und da sah ich den Theaterdirektor hinter seinem Pult sitzen, die Arme in die Höhe gestreckt und freudig ausrufend: «Emil! Il est là!»

Das war wieder einer dieser Glücksmomente, die man mit Worten nie richtig beschreiben kann. Einer der Momente, wo ich vermutlich vergass, ein paar Freudentränen zu verdrücken.
Trotzdem nun diese Unsicherheit aus der Welt geschaffen war, ein bisschen mulmig war mir vor meinem Auftritt schon zumute. Am Abend wartete ich sicher zwei Stunden hinter den Kulissen auf meinen Auftritt. Die Fernseh-Livesendung hatte grosse Verspätung. Startbereit stand ich mit meinem Kinderwagen hinter der Bühne. Die Sopranistinnen und Tenöre guckten mich etwas irritiert an und versuchten auch, einen versteckten Blick in den Kinderwagen zu werfen. Es war ein sehr klassisches Jubiläumsprogramm mit Lyrik, mit Auftritten von Opernsängern und Schauspielern ersten Ranges. Dazwischen immer wieder Ansprachen wichtiger Menschen des kulturellen Lebens. Im Publikum sassen die berühmtesten Regisseure und Intendanten Europas, Giorgio Strehler, Dario Fo, Rolf Liebermann und viele andere.
Und da sollte ich jetzt mit meinem etwas altertümlichen Kinderwagen auf die Bühne stolpern? Na, wenn das mal nicht ein Desaster gäbe!
Es war so weit, ich musste raus auf die Bühne. Was meinen Sie, was passiert ist? Schon nach meinem ersten «Ja, tü-tü-tü-tüüü» kamen die ersten Lacher, die das Eis brachen. Es lief perfekt. Natürlich war ich

nach wie vor ein Fremdkörper in diesem hochstehenden Abendprogramm, aber es funktionierte, und das Publikum hatte seine wahre Freude an mir. Den Caporal Schnyder mit seiner Arbeit nachts auf der Polizeihauptwache konnte ich aus Zeitmangel leider nicht spielen.

Beim anschliessenden Zusammensein mit den Schauspielern der Comédie-Française in einer Pariser Künstlerkneipe erfuhr ich dann, dass man den Schauspielern das Recht eingeräumt habe, sich auch einen Künstler für dieses Festprogramm zu wünschen. Der Schweizer Schauspieler Pierre Byland war beim Entscheid wohl so eine Art Rädelsführer, und so einigten sie sich auf mich, den Emil aus Luzern. Und sie waren sichtlich froh, sich für mich entschieden zu haben, denn das Programm sei für ihren Geschmack viel zu kopflastig gestaltet worden. Mit Emil konnten sie einen kleinen Kontrapunkt setzen. Ich habe sicher zwei, drei Bier getrunken an diesem Abend, so glücklich war ich über den positiven Ausgang meines ersten und leider auch letzten Gastspiels in der Comédie-Française.

Zehn Jahre später besuchte ich die Molière-Vorstellung *Der eingebildete Kranke* in der Comédie-Française, die man nicht umsonst auch «La Maison de Molière» nennt. Ich hatte damals wegen der Film-

arbeiten zu *Niklaus und Sammy* Kontakt mit dem Schweizer Schauspieler Jean-Luc Bideau und wollte ihn mal live auf der Bühne erleben und noch dazu im besten Theater Frankreichs. Das Stück war gut und Bideau in seinem Element.
Eine kleine Enttäuschung gab es dann aber doch für mich. Das Theaterpublikum erschien in Trainer- und Jogginganzügen in diesem ehrenwerten Haus. Fast hätte ich noch gesagt, im Pyjama. Okay, es war eine Nachmittagsvorstellung. Aber trotzdem, mein Auge schmerzte dieses etwas neue Bild. Wobei, wenn ichs genau überlege, Pyjamahosen passen ja irgendwie zum *Eingebildeten Kranken*.

«Ich bin der Intendant hier vom Huus.»[41]

Emil forever?

Man fragt mich oft, warum ich denn für meine Bühnentätigkeit den Namen «Emil» gewählt hätte. Ich hätte doch auch irgendeinen anderen Namen nehmen können, so wie es zum Beispiel Loriot gemacht hat. Man bringe den Namen Emil gar nicht mit Cabaret in Verbindung, und erst recht nicht mit frechem Cabaret.

Dann erkläre ich halt jeweils, dass mir meine Eltern diesen Namen gegeben hätten, dass ich mit zweitem Vornamen Paul hiesse und dass man mich während meiner gesamten Schul- und Postlehrzeit einfach «Miggu» gerufen hätte. Warum gerade Miggu, das weiss ich auch nicht. Es ist halt eine Schweizer Spezialität, dass man einander sogenannte Übernamen gibt. Da werden Emils schnell zu Miggus oder Miggels. Ich habe mich daran gewöhnt.

Die Kindergartenschwester gab mir einmal ein kleines Büchlein aus dem Kloster-Verlag mit nach Hause. Ich habe es heute noch und staune über den wundersamen Titel dieses Buchs: *Emil, ein heiligmässiges Kind.* Es erzählt die Geschichte von einem kleinen blonden Buben, so einem, wie ich einer war, der auf dem Sterbebett liegt. Der kleine Emil musste bereits im Alter von sechs Jahren sterben, aber scheinbar war er einer, der immer alle Menschen fröhlich stimmte und der, was mir fast eine Gänsehaut verursacht, in St. Gallen an der Heimatstrasse lebte. Dazu müssen Sie wissen, dass ich als Schüler oft in genau dieser Strasse in den Ferien war, weil mein Grossvater dort wohnte.

Ich habe entschieden, als Emil aufzutreten, weil dieser Vorname absolut zu meinem Verhalten auf der Bühne passt. Der Name hat nichts Aggressives an sich, im Gegenteil, er ist leicht und fast fröhlich aussprechbar und hat sogar noch etwas Liebevolles an sich.
Durch Erich Kästners Kinderroman *Emil und die Detektive* war der Name auch schon bestens eingeführt. Apropos, kürzlich hatte der Schriftsteller Rafik Schami seine Theatergarderobe im Zürcher «Kaufleuten» direkt neben mir. Da outete er sich als grosser Emil-Fan und erzählte mir kurz vor meinem Auftritt, dass er und seine Frau ihren Sohn nach Kästners Emil und nach mir benannt haben. Das war eine sehr herzliche Begegnung.
Und mir fiel übrigens auch auf, dass Cartoonisten und Karikaturisten, wie auch Witzeerzähler, den Namen Emil immer wieder gern verwenden.

EINWOHNERKONTROLLE
Name?
Meier
EINWOHNERKONTROLLE
Vorname?
Emil
LLE
Emil! Hahahaha hahahaaaa
Hi

Der Zeichner Peter Hürzeler hat ein ganzes Buch voller Emil-Cartoons herausgebracht. Allerdings schon bevor ich mit der Figur «Emil» berühmt geworden bin. Es gibt auch «Onkel Emil»- und «Professor Emil»-Witze. Irgendetwas hat der Name Emil an sich, wodurch er sich wunderbar für das humoristische Fach eignet.

Es gibt ja immer mehr Bücher, in denen unsere Vornamen erklärt werden. Ich besitze auch so eines, aber noch aus älteren Zeiten. Mindestens hundert Jahre alt, würde ich sagen. Darin steht aber nicht nur, woher so ein Vorname stammt, sondern es sind auch die Eigenschaften der Namensträger beschrieben. Schon ein bisschen grenzwertig. Aber ich möchte trotzdem mal nachgucken, wie dort Menschen mit dem Namen Emil beschrieben werden.

Seine Fröhlichkeit sei sein Himmel, steht da zum Beispiel, und er sei überall gern gesehen. Die Frauen liebe er, und er werde von ihnen ebenso geliebt. Damit lässt es sich doch durchaus leben.

Aber auch negative Charakterzüge werden aufgezählt. Da kann man dann lesen, dass bei einem Emil, wenn er erreicht habe, was er wolle, es für ihn gut sei und er es beiseite lege. Und dass bei ihm immer Unruhe festzustellen sei. In der Kunst sei er eher impulsiv.

Vermutlich waren all diese Eigenschaften den Menschen um 1900 rum noch sehr suspekt. Aber ich bin ja erst dreissig Jahre später auf die Welt gekommen. Immer wieder schreiben mir andere Emils Briefe. Meist haben sie meine Vorstellungen besucht. Wollen Sie mal lesen, was so ein Emil mir geschrieben hat?

Kleine wahre Geschichte: Emil, ich bin in unserer Familie Emil III. War für mich in der Jugendzeit kein guter Name, niemand hiess Emil. Emil tönte ältlich und verstaubt. Seit Du aktiv geworden bist, hat sich das schlagartig geändert. Emil ist positiv, fröhlich aufgestellt. Emil tönt gut. Gerne heisse ich nun Emil. Sohn Lukas (den wir vor dem Namen bewahren wollten) beschämte mich einst im Alter von elf Jahren mit der umwerfenden Frage: Papa, warum habt ihr mich eigentlich nicht auch Emil getauft? Emil forever! Herzliche Grüsse, Emil Z.

Schön, wenn ich durch meine Aktivitäten den Namen Emil etwas entstauben konnte. Mittlerweile entwickelt er sich sogar schon wieder zu einem Modenamen. Auf der Liste der Vornamen für Jungen steht er immerhin schon auf Platz 28 der 500 beliebtesten.

Ein junger Vater schickte mir kürzlich diese Zeilen:

Lieber Emil

Im November wurde ich glücklicher Vater eines Sohnes und der heisst … wie könnte es anders sein … Emil. Und

alle Menschen, die mich seit Kindheit an kennen, haben keinen Zweifel daran, dass die positive Assoziation für die Namensgebung durch Sie begründet ist. Wenn ich heute meinen kleinen Sohn beim Namen rufe, schwingen auch manchmal Gedanken an seinen berühmten Namensvetter mit. Ich freue mich, Sie heute im Prinzregententheater zu sehen.
Ihr grosser Fan Michael G.

Wussten Sie übrigens, dass der grosse Humorist Loriot einen seiner Vierbeiner, einen Mops, auch Emil genannt hat? Ich hoffe, dass er bei der Namensgebung nicht an mich gedacht hat.

«Also immer zerscht grad de Name agäh!»[42]

Schützen Sie sich!

Eine Frau, die Ausländern Schweizerdeutsch beibringt, bat mich einmal um eine CD, da sich mein Luzerner Dialekt so gut für den Unterricht eigne, weil er nicht so extrem sei.
Ein Jahr später erhielt ich wieder Post von ihr mit einem beigelegten Foto, auf dem mir zehn asiatische Frauen entgegenlächelten. Sie schrieben mir, dass sie mit meiner Nummer *Die Polizeihauptwache* Satz für Satz die Aussprache des Schweizer Dialekts geübt und sehr viel Spass dabei gehabt hätten.
Die Lehrerin hatte aber noch einen Zeitungsausschnitt aus der Innerschweiz beigelegt, datiert vom 10. August 2012. In diesem Artikel wurde beschrieben, dass jemand einen Dieb auf frischer Tat ertappt hatte und sich per Telefon bei der Polizei meldete, weil er um Hilfe bitten wollte. Der Wache haltende Polizist gab dem Opfer dann den lapidaren Rat: «Schützen Sie sich, damit nichts wegkommt!»

Was für eine schöne Parallele zu meiner Nummer! Aber es wird noch verrückter, denn der Polizeibeamte ergänzte:

«Wir haben jetzt niemanden auf Pikett. Die sind schon alle am Schlafen.»

Ja, die *Polizeihauptwache* habe ich vor vierzig Jahren nachts zwischen zwei und vier Uhr morgens geschrieben, natürlich in der Annahme, dass das von mir erfundene Verhalten eines Polizisten total überzogen wäre.
In den Nachtstunden kann ich immer am besten arbeiten. Man wird von niemandem gestört und kann sich voll auf eine Sache konzentrieren. Das Licht im Zimmer etwas gedimmt, und schon kann ich mich bestens in andere Welten hineindenken. Es sei denn, ich höre plötzlich Geräusche und ertappe einen Einbrecher... Dann heisst es gut zu überlegen, ob es sich zu dieser Nachtstunde überhaupt lohnt, bei der Polizei anzurufen. Wenns dunkel ist, sehen die ja nichts, und ausserdem sind die ja sowieso alle schon im Bett.

«Also, wenn sie tigget, he, wenn sie tigget,
de chan ich also säge, us eigeter Erfahrig, denn isch es
e Ziitbombe.»[43]

Herr Brosch

Kennen Sie den Herrn da am Fenster? Das ist Herr Brosch. Er wohnt in einer bescheidenen Wohnung. Das Rohr an der Hauswand hat er selbst montiert. Es dient ihm als Entfeuchter und Pfeifenrauchabzug. Auch die Drähte vor dem Fenster sind Marke Eigenbau. So treibt er die Tauben zum Nachbarn rüber.
Herr Brosch ist Leserbriefschreiber. Er schreibt aber nur im geheimen Auftrag von Parteien.
Vor Abstimmungen ist bei ihm jeweils Hochbetrieb. Da muss er, ständig unter neuem Namen und unter Angabe falscher Adressen, seine Leserbriefe verfassen, auch wenn sie oft mit seiner persönlichen Meinung gar nicht übereinstimmen.
Wird eine Abstimmung dank Broschs Arbeit wie gewünscht abgelehnt, so kann er mit einem geheimen Bonus rechnen. Nun verstehen Sie vielleicht auch, warum er seine Entlüftung nicht von einer professionellen Firma einbauen lassen will. Das Steueramt käme ihm doch sofort auf die Schliche seiner speziellen Geldeinnahmen.
Vielleicht begegnen Sie dem Herrn Brosch mal auf der Strasse. Dann stellen Sie ihn ruhig zur Rede und

sagen Sie ihm mitten ins Gesicht, dass er sich politisch unkorrekt verhalte und viele politische Fehlentscheide auf seinem Gewissen lasten.
Mir scheint, er hat bemerkt, dass wir gerade über ihn reden. Das mag er gar nicht. Deswegen empfehle ich Ihnen, einfach rasch umzublättern. Sonst schreibt der ehemalige Lehrer noch einen Leserbrief, in dem er die Erhöhung des Mehrwertsteuersatzes für Bücher fordert.

«Mir chönd au eifach schriibe: In die Hosen für die Arbeitslosen!»[44]

Das Licht der Sterne

Wissen Sie, wie das immer war, wenn ich von einer längeren Tournee nach Hause zurückkam? Was traf ich dort an? Berge von Post! Anfragen für Auftritte bei Galas, Firmenfesten, Familienfeiern und Seminaren. Bitten um Interviewtermine, Auftritte in Sendungen, Anfragen, ob ich Vorworte oder Artikel für Bücher schreiben würde und vieles mehr. Und allen musste ich die gleiche Antwort geben: «Tut mir leid, aber ich mache das nicht.»

In meinem Buch *Emil via New York* habe ich mal beschrieben, was alles an Anfragen während einer einzigen Woche bei mir eingetrudelt ist. Auch wenn die Honorarangebote manchmal paradiesisch sind, ich muss konsequent bleiben und sehr oft Nein sagen. Wieder einmal stand ich ziemlich ratlos vor so einem riesigen Posthaufen. Der Anrufbeantworter war auch noch voller Nachrichten, und das Faxgerät ratterte unaufhörlich. Mails gab es damals zum Glück noch nicht. Macht es überhaupt noch Sinn, jetzt irgendwo mit dem Aufräumen zu beginnen?, fragte ich mich. Und dann kapitulierte ich einfach.

Raus aus dem Büro!, schoss es mir durch den Kopf. Flucht! Ich setzte mich ins Auto und fuhr einfach drauflos. Raus aus Luzern, vorbei an Horw und Hergiswil und Beckenried. Und je länger ich fuhr, desto mehr hinterfragte ich mich: «Emil, was bringt dir denn das Wegfahren? Du verlierst ja doch nur Zeit damit.» Ich hielt an und bestellte mir in einem Hotel-Restaurant einen Espresso. Ich nahm den kleinen Zuckerbeutel in die Hand und las den Spruch, der darauf geschrieben stand: «Du sollst dein Leben nach dem Licht der Sterne richten und nicht nach den Lichtern jedes vorbeifahrenden Schiffs!» Bingo! Das war es!
Der Spruch traf genau auf meine Situation zu. Ich blieb noch ein paar Minuten sitzen, fuhr dann aber auf dem kürzesten Weg nach Hause. Zurück ins Büro. Und jetzt eines nach dem anderen speditiv erledigen. Es wurde spät, um nicht zu sagen, früh am Morgen. Ein grosser Befreiungsschlag war mir über Nacht gelungen. Und jetzt konnte ich mich auf das Licht der Sterne konzentrieren.

«Morn, hä, zack, muss alles e so goh, hä.»[45]

www.emil.ch

Emil Steinberger, geboren 1933 in Luzern, war neun Jahre Postbeamter, bildete sich dann zum Grafiker aus, gründete das Luzerner Kleintheater, leitete Kinos und feierte grosse Erfolge als Kabarettist auf Schweizerdeutsch, Deutsch und Französisch. 1980 war er «Geburtshelfer» und Regisseur beim Circus Roncalli. 1977 war Emil mit dem Circus KNIE unterwegs. 1978 agierte er als Schauspieler im Film *Die Schweizermacher.* 1987 beendete er seine Karriere als «Emil» und kreierte Hunderte von Werbespots. Ab 1993 war sein Wohnort für fünf Jahre New York. Dort heiratete er Niccel. Sie kehrten 1999 gemeinsam in die Schweiz zurück und gründeten im Jahr 2000 die Edition E. Seit 2013 arbeiten die Edition E und der Knapp Verlag partnerschaftlich zusammen. Emil wurde mit vielen Preisen ausgezeichnet. 2008 wurde er Ehrenbürger der Stadt Luzern.

Hier lesen Sie, aus welchen Emil-Nummern die Zitate am Ende der Texte stammen:

[1] *Kontaktlinsen*
[2] *Hausaufgaben*
[3] *Das Nationalratsplakat*
[4] *Der Blutspender*
[5] *Das Hochzeitstelegramm*
[6] *Tanzstunde*
[7] *Der Blutspender*
[8] *Die Klassenzusammenkunft*
[9] *Im Zug*
[10] *Hochzeitsglückwünsche*
[11] *Nach dem Träumen*
[12] *Vater und Sohn (Hardy)*
[13] *Der enttäuschte Bräutigam*
[14] *Der Pilot*
[15] *Die Klassenzusammenkunft*
[16] *Am Matterhorn*
[17] *Emil auf der Post*
[18] *Emil auf der Post*
[19] *Der Wahlverlierer*
[20] *Der Jasser*
[21] *Der Putzer*
[22] *Vater von Fünflingen*
[23] *Im Zug*
[24] *Der enttäuschte Bräutigam*

25 *Im Zug*
26 *Der Intendant*
27 *Das Steuerformular*
28 *Der Geschäftsmann*
29 *Der Annäherungsversuch*
30 *Der Kinderwagen*
31 *Der Telegrafenbeamte*
32 *Das Steuerformular*
33 *Der Wahlverlierer*
34 *Im Zug*
35 *Das Steuerformular*
36 *Der Sprinkler*
37 *Der Geschäftsmann*
38 *Das Steuerformular*
39 *Der Sprinkler*
40 *Hochzeitsglückwünsche*
41 *Der Intendant*
42 *Der Telegrafenbeamte*
43 *Die Polizeihauptwache*
44 *Das Nationalratsplakat*
45 *Der schlaue Lehrling*

Die *Perlen*-Bücher

Urs Heinz, Aerni, *Bivio – Leipzig*
Wolfgang Bortlik (Hrsg.), *Das Chancenplus war ausgeglichen*
Thomas C. Breuer, *Gubrist, mon amour*
Thomas C. Breuer, *Piranha Fondue*
Alex Capus, *Der König von Olten*
Alex Capus, *Der König von Olten kehrt zurück*
Ariane von Graffenried, *Fleur de Bern*
Stefan Frey, *Blätter aus dem Tropenwald*
Anette Herbst, *Herbst in Basel*
Franz Hohler, *Eine Kuh verlor die Nerven*
Ulrich Knellwolf, *Die Erfindung der Schweizergeschichte im Löwen zu Olten*
Meinrad Kofmel, *Lawrence of Arabica*
Beno Meier, *Aphrodite ungeschminkt*
Jörg Meier, *Als Johnny Cash nach Wohlen kam*
Jörg Meier, *Meiereien*
Walter Millns, *Bevor sie springen*
Perikles Monioudis, *Junge mit kurzer Hose*
Christoph Schwager, *Um Himmelgottswillen, Engel Klirrius*
Angelia Maria Schwaller, *dachbettzyt*
Judith Stadlin, Michael van Orsouw, *Spiel uns das Lied von Zug*
Reto Stampfli, *Tatsächlich Solothurn*
Reto Stampfli, *Die Schwiegermutter des Papstes*
Rhaban Straumann, *Ges(t)ammelte Werke*
Franco Supino, *Solothurn liegt am Meer*

www.knapp-verlag.ch

Layout, Konzept Bruno Castellani, Starrkirch-Wil
Satz Monika Stampfli-Bucher, Solothurn
Korrektorat Sam Bieri, Luzern
Illustration Umschlag Jörg Binz, Olten
Illustrationen Werner Hofmann, Seite 3; Peter Hürzler, Seite 168; Emil Steinberger, Seite 58, 104, 175
Fotos Archivfotos Edition E, Seite 121, 133

Druck CPI - Clausen & Bosse, Ulm

1. Auflage, April 2013

ISBN 978-3-905848-78-6

Gedruckt auf umweltfreundlichem FSC-Papier.

www.knapp-verlag.ch